풋내기의 시(詩)와 담(譚)

풋내기의 시(詩)와 담(譚)

2024년 02월 15일 제 1판 인쇄 발행

지 은 이 ㅣ 서영도
펴 낸 이 ㅣ 박종래
펴 낸 곳 ㅣ 도서출판 명성서림

등록번호 ㅣ 301-2014-013
주   소 ㅣ 04625 서울시 중구 필동로 6 (광성빌딩 2·3층)
대표전화 ㅣ 02)2277-2800
팩   스 ㅣ 02)2277-8945
이 메 일 ㅣ ms8944@chol.com

값 20,000원
ISBN 979-11-93543-40-5

서영도 시와 수필

풋내기의 시(詩)와 담(譚)

도서출판 명성서림

풋내기 시인의 주변 머리글

2014년 방송대 청소년 교육학과에 늦깎기로 입학을 했다. 대학생이 되었다는 자부심과 그리고 열심히 공부를 해야 한다는 책임감(?)이 가슴을 묵직하게 누르고 있었다. 1학년 청소년 교육학과를 다니면서 가장 가슴에 와 닿았던 건 〈유아기에서 유년기 아이들이 성장 환경을 배우는 시기〉라는 것이었다. 하여 자라나는 환경에 따라 "한 살 버릇 여든까지 간다"는 말이 여실히 맞았다는 것을 배울 수 있었고, 그래서 유아기를 대하는 산모 즉 어머니의 돌봄이 그 유아가 평생을 가지고 살아야 할 내면에 의식이 자리 잡는다 는 것이다. 즉 유아기에 모든 심상적 발달이 이루어지고 형성 된다는 것을 알았을 때 나의 아이들(아들과 딸)이 어렸을 때 잘해 주지 못한 것이 못내 아쉬움으로 밀려왔다. 가난해서 가진게 없어서 악에 받쳐서 그저 성공해야 겠다는 일념 만 있을 뿐 아이들 돌봄은 저 멀리 뒷전 이었던 것이다. 젊어서 내가 이미 유아기에 심상적 발달이 거의 이루어 진다는 것을 알았다면 배웠다면 좀 더 우리 아이들에게 잘 해 줄 수 있지 않았을까? 하는 후회의 생각을 해 보았다.

사실 너무나 들은 게 없는, 가진게 너무나 적은 부모였기에 나는 사업에 매진 할 수 밖에 없었고. 아이들에 대해서는 소홀 할 수밖에 없었다 하여 청소년 교육과 1년 동안 배운 것은 우리 아이들에게 정말 미안함을 가지게 되는 계기가 되었다. 그리고 청소년 교육학과를 졸업하면 심상적 결핍으로 즉 성장 통으로 인한 아이들을 상담해 주는 상담사가 될 수도 있었다. 또한 사회 복지사로도 도전 할 수 있는 기회가 생긴다고 했다. 복지사 자격증은 새로이 자격증 공부를 해서 자격증을 따야 될 수가 있었다.

하지만 1학년을 마처 갈 때 쯔음 나의 내면에 갈등이 일어났다. 상담사나 복지사 보다는 나이를 먹어감에 따라 나의 내면을 흐르고 있는 나의 글을 써 보구 싶은 충동에 사로 잡혔다. 나의 유년기 시절, 청소년 시절, 군대 이야기, 태양의 나라 카타르 이야기, 사업하던 이야기, 등등 나의 내면을 글로 쓰기에는 너무나 부족한 면이 많다는 것을 알았다. 하여 나는 청소년 교육학과 1년을 마치고 국어 국문학과로 전향하기로 결심하고 다시 4년을 시작했던 것이다.

국어 국문학과로 다시 시작한 나는 고전의 시, 근대인의 시 등 그리고 옛 소설가 등을 접하면서 나의 내면에서 파도치는 것을 꺼내기 위해 시 동아리에 들어가 풋내기 글을 쓰기 시작했고 선배 시인들에게 질타도 엄청나게 받았다. 그런데 글쓰는 선배들의 합평이 너무나 가혹했다. 나는 그 가혹함이 일제들이 우리나라 사람들이 글을 잘 쓰니까 글을 잘 못 쓰도록 "이게 무슨 글이냐, 갔다 버려라, 이렇게 쓸려면 아예 글을 쓰지마라," 하면서 다구쳤던 것이다. 한국인들이 그 합평 모습을 따와 지금까지 다구치는 합평을 했을 것이다라고 결론 지게 되었다.

즉 풋내기가 글을 써서 합평을 받으면 "이게 무슨 글이냐?" "발가락으로 써도 이보다는 잘 쓰겠다!" "이게 무슨 허튼 소리냐!" "앞뒤가 안 맞다." 등 등 너무나 가혹하고 혹독하게 꾸지람을 줌으로 글쓰기가 오히려 주눅이 들고 힘들어 짐을 느꼈을 때 이건 아니다 오히려 처음으로 글 쓰는 이에게 요런 점 조런 점이 부족한 것 같고 저런 점은 요렇게 저렇게 고치면 어떨까? 아무튼 용기 내서 써 보라 하면서 격려하는 합평의 자리가 되어야 함에도 선배들은 그냥 가혹하기만 하여 내가 그런 점을 제기했을 때 선배들은 풋내기가 뭘 안다고 그런 발언을 하느냐 하면서 무척이나 혼 줄이 난 적도 있었다. 결국 난 그 동아리를 나올 수 밖에 없었고 열정에는 조금 타격을 받았지만 쓰고 싶다는 마음은 아직 가슴속에서 파도처럼 출렁이고 있었던 것 같다.

사실 당시의 나의 글을 보면 어쩌면 신선한 면도 있었지만 부족함이 10이 백점이라면 9는 부족함이 철철 넘치는 시절 이었다. 너무나 어설프고 부족해 그야말로 접시 물 같다고나 할까 나의 글은 너무도 얄팍했음을 자인 한다. 허긴 지금도 유명 옛 시인들에 시를 읽을 때면 역시 나는 4류 시인이 맞구나 라고 생각하면서 글을 쓰고 있다. 그렇게 일과 공부를 치열하게 병행했고 결국 4학년 학점 412점(아마도 410점이 커트 라인) 넘기게 되어 청소년 교육학과 1년 국어 국문학과 4년 도합 5년 만에 방송대를 졸업을 하게 되었다. 사실 졸업 전부터 〈○○ 동아리〉를 끝내고 〈○○○ 동아리〉를 합류하게 되었는데 그 동아리에서 총무를 열심히 약 4년 활동 했던 것 같다. 헌데 불의를 잘 지나치지 못하는 나의 그릇 된 성질 때문에 더 이상 버텨내지 못하고 결국 ○○○ 동아리도 접게 되었고, 홀로 내 마음의 노래를 써 볼 수 밖에 없었다.

그렇게 한 10여 년 좋은 글이 됐든 안 좋은 글이 됐든 계속 끄적이던 글을 모아 보니 200여 수가 넘는 것 같아 이제야 책으로 엮어 볼 수 있겠다는 생각이 들어 마음은 부끄럽기 한이 없지만 부끄 부끄한 가슴을 억누르면서 마음이 움직일 때 만들어 보자 작정하고 책을 내 보기로 하였다. 한없이 움추려 들고 창피하고 부끄럽지만 용기 백배하여 여기 한올 한올 엮어 보았으니 독자가 되어 주시는 분들이시여 저의 시 (詩)와 담(談)을 읽어 주심에 무한히 깊은 감사를 드립니다.

　저의 간절한 바램은 이 책(본 시집)을 머리 맡에, 혹은 책상 위에, 혹은 식탁 위에 놓아 두시고, 시간이 되실 때, 혹은 하루 일과를 마치시고 집에 돌아 와 마음의 휴식이 필요 하실 때, 가끔 아무 쪽이나 그냥 펴 들고 한 두편 뛰엄 뛰엄 음미해 보셨으면 합니다. 몇년 몇월 몇일 몇시 그 계절에 이 부족한 사람(4류 시인)이 무슨 생각을 하면서 살았구나 (날자가 없는 시도 있음) 하면서 조그마한 공감대라도 생겼으면 하는 마음 간절합니다.

　정말 부끄럽습니다. 그리고 감사 드립니다. 모쪼록 댁내 건강과 행복과 행운을 빕니다.

2023년 06월 22일 03시 30분쯤에
풋내기 시인 서영도 드림

목 차

1부 가을의 독백

2부 꽃

3부 인생엔 정답이 없더라

4부 새내기

5부 파도

6부 멋진 인생

7부 오늘

8부 행복이란

1부 가을의 독백

당신 때문에

서영도 / 2022.07.16. 09:10

내 가슴에 소망이 자라는 건
당신 때문이고
내 가슴에 믿음이 숨쉬고 있는 건
당신 때문이고
내 가슴에 사랑이 싹트고 있는 건
당신 때문이다

봄이 되어 내 가슴에 꽃이 피는 건
당신 때문이고
여름이 되어 세상이 화려해 보이는 것도
당신 때문이고
가을이라서 결실을 찾고자 하는 것도
당신 때문이다.

겨울이 아무리 춥다 하나 내 가슴에 그대가 들어와 주니
이 몸 언제나 뜨겁게 뜨겁게 타오르며
나는 또 봄을 기다립니다
또 봄을 기다립니다
정녕 내 화려했었던 봄은 다시 올 수 있을런지........

길

서영도 / 2022.07.16. 10:00

삐거덕 덜컹 아직도 어둠이 짙은 문앞의 풍경
새 하루를 받은 반갑고 고마운 마음으로 길을 나서고 있네
여기 저기서 부스럭 부스럭 깨어나는 하루
어디로 가야 하나 어느 방향으로 가야
보람찬 하루가 역일까

동네을 벗어나는 삼거리 길에서 망설이고 있네
이리로 가야 하나 저리로 가야 하나
모두들 망설이는 듯 모두들 헤매이는 듯
삼거리 사거리에 서서 꿈들을 꾸고 있네
왠지 모두들 쓸쓸해 보이는 것은
내 마음의 바람이 불고 허전하기 때문일까

지금까지 걸어 온 나의 길은
너무나 외롭고 쓸쓸하고 어설픈 길이었지
이제부턴 꽃이 가득 찬 길을 찾아야 하네
나는 지금 사거리 갈래 길에 서있네
동서남북 어디로 가야 할지 망설이고 있네
나의 길을 찾고 있네
안개속에 희미한 미로 같은 길 중에
오직 나만의 길을 찾아야 하네

바람 물 꽃

서영도 / 2020.04.15. 08:20

바람은
한곳에 머물지 못하고
구름 몰고 떠다니는 마음과 같아
다가왔다 멀어지고 멀어졌다 다가오는
그리움만 같아라

물은
떨어져 서로 흩어져 있어도
낮은 곳에서 낮은 곳에서
못내 그리워 합치 되는
사랑을 꿈꾸는 그리움을 닮았지

꽃들은
저마다 제 계절이 시새워
연한 잎새의 색과 향내를 뿜낸다
그토록 색과 향내를 뿜낸 다는건
세속의 벌 나비를 유혹 함이라
하지만 소나기 내리고 세찬 바람 지나면
그리움만 남기고 쓸쓸히 떨어져 가리라

어디로

서영도 / 2022.06.11. 20:30

새벽 5시
눈 부시도록 새론 태양은 나를 또 깨운다
축복의 시름 반 원망의 시름 반이다

그래도 이 승이 저 승 보다 훨 낫다 하기에
흩어 진 생각의 갈피들을 지팡이 삼아
다시 일어서 보려 안간힘을 써 본다

바람이 불면 바람 부는 방향으로
맞아 서야 하는지
아니면 방향을 바꿔 등으로 받아내야 하는지

구름의 방향 따라 함께 흘러야 하는지
아니면 반대로 흘러 흘러 멀어져야 하는지

아무도 옳은 그 길을 가려 주지 않고
진리 아닌 상식 밖의 잦대로 세상을 휘 저으니

풍랑이 거센 파고 속에 작은 돛단배
진실과 정의의 등대를 찾지 못하고
산으로 들로 삐거덕 삐거덕 흘러 만 간다

세상은 참

서영도 / 2022.05.03. 13:00

세상은 참 복잡한 것 같애
단군 할아버지 이 땅을 세우시니
동방의 별 동방 예의 지국이라
칭송 받기도 했지

평화란 깨지라 있는 것인가
인간은 욕심으로 뭉쳐진 존재인가
이후 인간들은
눈이 멀고 마음은 까맣게 그을러
서로 지지고 볶고 치고 박기 시작했다

비 바람은 거 세지고 눈보라까지 몰아쳤다
꼴뚜기가 산으로 올라가고
두더지가 바다속을 누볐다
가면속의 두 얼굴을 한 넘들이
네 활개를 치며
권모와 술수로 세상을 장악하기 시작했다

백의를 좋아하는 순진 무구한 백성들은
자루 썩은 줄 모르는 도끼들이

백성들의 발등 찍는 걸 아지 못하고
뱀처럼 달콤한 그들의 세치 혀에 속아
함께 장구 치고 꽹가리 치며 돌아갔다

호시탐탐 눈에 까시를 숨겼던 각다귀들
진주 빛 별을 욕 보이고 짓 밟았으며
겁박으로 인간의 존엄성을 빼앗고
백성들의 피와 눈물을 약탈 했다

허나 난세에 영웅이 나는 법
나라를 구하려는 영웅들의
피와 생명을 거름삼아
어렵사리 여기까지 왔건만
도처에 두더지 꼴뚜기들이
불쑥불쑥 고개를 내밀며
진리와 정의와 상식을
꼬집고 비틀고 있구나
오 마이 갓 하늘이시여 단군이시여
나무 관세움 보살이시여

술

서영도 / 2021.06.11. 22:20

하늘이 비를 내려 만드니 천주요
땅이 샘을 솟아 권하니 지주라
내가 술을 좋아하고 술 또한 나를 따르니
내 어찌 이 한 잔 술 마다 하리오
그러하니 오늘 밤
지천 명주를 합주하여 한 잔술 마시노라

한숨 배인 한 잔 술이 목 줄기를 내릴 때
내 안에 요동치는 슬픔들 모두 모두 토해 내고
이슬 맺인 두 잔 술이 심장을 뜨겁게 달구니
가슴속 작은 연못에 파문을 이루노라

석 잔 술을 가슴에 부어 그리움의 연못에
그대를 가두어 놓으리
내가 술을 싫다 하니 술이 나를 붙잡네
물같이 생긴 것이 날 웃기고 울게 하니
그래서 이 술이 요술이로다

꽃은 피어도 소리가 없으며

새는 울어도 눈물이 없다네
사랑은 불타도 연기가 없고
사랑 좋아 맺었더니 이별이 있네
장미 좋아 꺾었더니 가시가 있고
세상 좋다 태어났더니 죽음이 있더라

잡을 수 없는 세월은 성큼 성큼 달아나고
얼굴에 잔주름은 골을 지어 훈장처럼 다가오네
지옥과 천당 택 하래서 천당이 좋다 하니
그럼 바로 천당 갈 분 승차 하라니 아무도 손 안 드네
천당보다 좋은 곳이 바로 지금 이승이라니
오늘도 행복의 술 한잔씩 하며 즐겁게 살아가세

아~~ 백령도

서영도 / 2019.11.11. 11:00

잿더미서 찾아낸 진주가
더 빛나고 귀해 보이며
진흙 속에 피워 낸 연꽃이
더 곱고 우아해 보인다 했던가
큰 기대와 희망을 안고 산을 오르면
십중팔구 실망하기 쉬운 것 이거늘
장장 다섯 시간의 뱃길로
서해 끝 섬 백령도에 입성하면서
큰 기대와 희원은 없었다
섬의 안쪽 육로를 탐방하며
섬이란 대동소이 다 그렇고 그러려니
기대치는 점점 낮아지고

하지만 유람선이 포구를 나섰을 때
눈은 점점 커지고 가슴이 울컥했다
몸엔 닭살이 돋고 감탄과 탄성이 절로 나온다
시리고 아픈 이야기 품은 신랑신부 망부석
뱃길 떠난 낭군을 그리는 외로운 여인상
가슴 뜨겁게 달구는 웅장한 고성과 성곽

아기 코끼리 어미 코끼리의 나들이 풍경
방향 따라 갖가지 다른 이야기로 노래하는
백령도의 흰 나래길

태항산의 산하山河에서 주눅이 들었던
자존감과 자괴감은 눈 녹듯 사라지고
대한의 백령이라는 자랑스러움이
슬금 슬금 깨어나 어깨가 으쓱한다
백령도를 돌아보지 않고는
대한민국 구경 다 했다 자랑 말라 하더니
잿더미서 찾던 진주가 바로 요기요
진흙 속에 피워 낸 연꽃이
바로 이 꽃이니
대한 사람들아 백령도를 노래하라
기이함과 신비함이 살아있는
이 외로운 섬을
길이 길이 후손에 물려줌이 어떠하랴

※ 산하山河 : 산과 내, 즉 자연을 이르는 말

온기 한기

서영도 / 2020.10.04. 04:30

진한 향기를 머금던 꽃송이도
칠일이면 시들어 그 향기를 잃고
김 빠진 맥주도 방금 따랐을 땐
진한 보리향이 그윽 하더라

뜨거울 땐 진 하던 커피 향도
식어버린 찻잔에선 향기가 사라지고
새벽 일출 첫닭 우니
밤새 초롱초롱 빛나던 별빛도 힘 잃고 스러지더라

아무리 고가의 백지 수표도
금전에 무지하면 코풀 휴지에 불과하고
지천에 구르는 작은 돌도
자세히 찾아보면 남 다른 모습을 띤 돌도 있더라

사람과 사람 사이 흐르는 감정의 느낌
형체없으니 보이진 않지만
차가움과 따뜻함 비릿함과 향긋함
시 청 후 미 촉
선명하기 만 하더라

욕심

서영도 / 2022.08.06. 06:40

욕심 그것은 인간의 전유물 인가
인간은 욕심의 존재인가
지구상에 기생하는 존재 가운데
가장 잔인하고 가장 악독하고
영역 표시를 가장 선명하게 하고자 하는
언제 어디서든 다양한 욕심을 품으며
싸움질을 일 삼는 것이 인간이기 때문이리라

욕심 그것이 무엇이기에
어디서 나오며 어디에 자리하고 있기에
나무들에게도 꽃들에게도 없는
오직 인간이란 동물에게 만 있는 욕심
그것으로 인해 인류는 서로 피를 흘리며
싸우고 지지고 볶는 세월
오늘까지 지속해 왔노라

은총을 내리소서

서영도 / 2019.12.31. 06:30

내리소서 내려 주소서
은총을 내리어 주소서
우리 위에 내리소서

하얀 옷 즐겨 입고 콩 한 쪽도 나눠 먹는
한잔 하자며 말 술을 따르는
내 자식 네 자식을 우리 자식이라 부르는
초근(草根 : 칡뿌리) 목피(소나무 껍질)씹으며
지켜 온 이 나라 그 이름 조선 대 한 민 국
내리소서 내려 주소서
은총을 내리어 주소서
우리 위에 내리소서

갖은 핍박과 설음 굴하지 아니하고
피흘리고 살을 뜯기며 지켜온 우리 겨래
한라에서 백두까지 백령에서 독도까지
내리소서 내리어 주소서
은총을 내리어 주소서
우리 위에 내리소서

이제야 이 땅에 상식과 정의를 세울 수 있는
개혁의 깃발을 태극기를
저 푸른 창공에 겨우 겨우 띄우려 하나이다
하늘이여 하늘이여
내리소서 내리어 주소서
은총을 내리어 주소서
우리 위에 내리소서

의식의 강

서영도 / 2020.05.01. 03:30

별은 캄캄한 밤이라야 더욱 빛나는 것처럼

소금은 강한 햇빛에 그을려야
더 맑은 맛을 내는 것처럼

한 줌의 모래가
돌가루와 물이 합치 되면
더 단단한 시멘트로 거듭 태어나는 것처럼

한줌의 재가 씨앗 위에 뿌려 진다면
세상에 또 다른 존재로 태어나는 것처럼

별과 소금과 모래와 재처럼
상대가 있어야 더 빛나게 되는 것처럼

우리네 인생도 함께 뭉치고 굴러야
뜨거운 사랑으로 더 붉고 밝게 타오를 수 있으리

이화(배꽃)의 계절

서영도 / 2020.04.21. 22:45

상처 깊은 가슴의 지병
내 보이기 싫어 참아 온 세월

그 아픔 잊으려
헤어지고 찢긴 육신 일상에 묻고

통증이 가끔 한숨과 오열 되어 밖으로 나올 땐
이 슬픔 그 누가 들어 줄이 있겠냐 마는

4월의 이화 꽃잎에 모두 모두 털어 놓고
진한 향기의 온통 하양 꽃밭속에서
꺼이 꺼이 목 놓아 울어나 볼까

※ 이화의 꽃말 : 온화한 애정, 위로와 치유.

인연

서영도 / 2021.04.21 02:09

기다림의 끝은 어디 쯤 일까요
그리움의 끝은 어디 쯤 인가요

길고 깊은 산맥의 고랑처럼
깊고 너른 바다 속 미로처럼

떠돌이 유성의 방황의 끝은 어디 이기에
언제까지 끝없는 우주를 돌이 질 쳐야 하나요

옹달샘이 뚝을 넘어 여행 떠나는 물방울처럼
언제까지 산과 강둑을 헤매 질 쳐야 하나요

가슴 속 타다 남은 사랑의 작은 불씨
내 삶의 목적이고 목표였던 그대여

기다림이 농 익어 떨어지려 하네요
그리움이 목이 말라 그대 이름 부를 수 없네요

사랑의 증거

서영도 / 2020.09.16. 20:50

사랑했다는 것은
어떠한 경우라도 불행한 것은 아니다

진정으로 사랑했다는 것은
보이지 않는 보석을 몸에 지니게 된 것 같이

스스로 행복했다는 증거가
가슴 어딘가 기억 어딘가 남아 있다는 것이다

설사 생의 한 가운데서
사랑이 어그러지고 으깨진다 해도

그 어딘가 사랑해서 행복했다는 증거가
살아 숨 쉬고 있다는 것이다

자식

서영도 / 2020.04.19. 18:30

아비의 뼈를 빌고 어미의 살을 빌어
언 날 얼결에 이생에 나와보니
세상은 참으로 차갑고 생소하고
냉혹 하기만 하더라
하지만 그 혹한의 세상속에도
부모들 마음은 대동소이 하리라

자식이 무엇이기에
가슴속에 묻어 있는 화롯불 같아
눈앞에 재롱 부릴 땐 꽃이 피어나듯
뜨겁게 뜨겁게 활짝 피어 나다가
눈앞에서 멀어져 보이지 않으면
시들은 꽃잎처럼 시들시들 식어만 가더라

물보다 진하다는 피의 인연
기쁨으로 맞이 하여
부족함 없이 보살피려 했지만
많은 것 주지 못해
부족하기만 한 부모로서의 한계를

뼈져리게 느꼈었다

이젠 고사리처럼 가늘기만 했던 잔뼈도 굵었고
홀로 설만큼 세월도 흘렀고
자신의 길을 닦을 수 있는 성인이 되었구나
세상의 어떠한 풍랑과 비 바람도
굴하지 않고 앞으로 나아가야 할 터이다

젖먹던 힘을 다해
잘 살아 보겠다는 신념으로 혼신을 다 한다면
세상에 열리지 않는 문은 없나니
세상의 단단한 문을 활짝 열고 앞으로 나가는
후세가 되어 달라는 소망을 갖어본다

추 (가을 秋)

서영도 / 2019.11.15. 17:00

가을 하늘 얼마나 높고 멀기에
저리도 푸르단가
서해 바단 또 어디로 떠나려
저리도 술렁이나

제 아무리 고운 꽃잎도 떨어져 뒹굴면
그냥 지나쳐 가지만
고웁게 익은 단풍 잎 떨어져 날리면
누군가 주워 책갈피 고이 간직 한댄다

인생 제법 곱게 피웠다 해도
떨어진 꽃잎처럼 허망 할 수 있고
인생 익어가듯 곱게 물들어 떨어지면
갈 바람에 날린 사랑 인 줄 누 주워 가려나

4월의 합창

서영도 / 2017.04.12. 18:00
그 4월은 잔인 했다.

꽃들의 소리 없는 아우성
촛불이 꽃으로 피어나던
무언의 함성이 우렁찬 4월

별들의 미소처럼
꽃잎들의 빛나는 하얀 미소가
우아한 밤이다

눈물 없는 절규가
온 누리를 뒤 덮고
우주의 섭리가
뒤 틀리는 잔인한 계절

다만 이 계절이어야 한다는
꽃잎의 희망과 슬픔
붉은 함성과 아픔이 교차되는 절규가
합창이 되어 밤하늘에 수 놓아 지는 4월이다

혼자 가는 길

서영도 / 2022년
어느 시간의 세월 속에서

세상에 기거하는 모든 존재들은
서로가 기대며 함께한다 하지만
그러나 언젠가는 어느 땐가는
혼자라는 걸 느낄 때가 있을거야

혼자 가는 그 길을 연습이나 하듯
난 오늘도 혼자가 되어 혼자 일어서서
외롭지만 혼자 가야 하는 그 길에 서 있다

때론 가슴에 맺혔던 서러움이
밀물처럼 밀려와 기나긴 파도만
바위 돌에 던져주며
긴 한숨 만 울컥 가슴에 통증으로 남는다

때론 멍청했던 나를 달래며
때론 너무나 이기적이었던 나를 책망도 하며
먼 하늘가 지는 노을에 나를 묻는다

청명한 밤하늘에 별을 찾던 시절도
이젠 기억속에 작은 조약돌 하나로 남긴 채
날개를 접고 둥지에 쪼그린 산새처럼
나를 드러내지 않은 채 살아가야지
내게 남겨진 시간 동안은.......................

1월의 달팽이

1월의 막바지
시샘 많은 찬바람
무릎 끝으로 죽지 끝으로
예리한 칼끝을 들이대는
늦어 버린 저녁

홀로 뚜벅 뚜벅
찾아 드는
내 작은 달팽이 둥지 속엔
헌 신발이며 헌 옷가지
가지런히 정렬 한
찌그러지고 헐은 가재 도구들이
눈이 빠지도록 날 기다리고 있었지

현관문을 삐거덕 연 순간
달팽이 관속에 정든 가재들
일제히 꼬리를
하늘로 치켜들고 일어서서
달그락 달그락 환호성을 지른다

찬바람 시린 오늘
달팽이 관 속에 저들과
느지막한 저녁 만찬으로
찝찔하게 식은 국물을 데워
찬밥이나 한술 말아 마감 지어야겠다

3월에 함박 눈꽃

서영도 / 2015.03.28–2016.02.22 퇴고

바싹 움츠려든 가로등
졸음기 아직 눈썹 끝에 달린 새벽
3월에 눈발이 울음을 운다.
때 늦은 눈발이 수줍은 듯
천사의 날개짓으로 팔랑거리며
하늘 하늘 율동하듯
춤사위도 가볍게
배꽃처럼 춤을 추며 운다

경쟁하듯 내달리는 새벽 자동차
부릅 뜬 전조등 불 빛속에
이리 저리 나뒹굴며
산산이 부서지는 눈발들
순간을 살다 사라지는 운명 속에
이 아침 차가운 인연
3월을 스치우며 운다

살아있는 존재의 무거움
언젠간 너와 같이 땅으로 땅으로

스미어져 갈 것을
운다고 아파한다고 슬퍼한다고
스러져 가지 아니할까
3월의 눈처럼 녹아 사라진 대도
살아 있는 이 순간
덩실 덩실 춤을 추며
3월에 눈처럼 이생의 미련들
모두 뿌리치고 소리없는 울음을 울고 싶구나

7월에 비가 온다 1

비가 온다.
메말라 가슴이 쩍쩍 금 가던
7월에
비가 온다.

비를 맞으러 가자
타들어가던 가슴에
님 을 맞듯 반갑게
비를 맞으러 가자

손들어 받아도 보고
얼굴 들어
온 몸으로 반겨도 보자

7월에 비가 이리도 반가운데
님이 나의 님이 오신다 하니
내 가슴 얼마나 더 설래일까

9월의 길목

서영도 / 2016.09.18. 밤에

그리고 9월이 되었습니다.

완숙으로 치닫는 추한追恨의 계절
밤비 내리는 구월의 속삭임에
귀를 묻습니다.
형체 없는 어설픈
그리움과 서러움들이
후드득 후드득 가슴을 후빕니다.

차디찬 물음표 만이
가슴에 무수히
빗물 되어 흐르고
해답도 정답도 없는
인생길
어딘지 모를 끝을 향해
빗소리 따라 하염없이
흘러가고 있을 뿐입니다

※ 추한追恨 : 일이 지나간 뒤에 뉘우쳐 한탄함. 회한2, 후회1

4월인데

서영도 / 2016.04.02. pm 21:00—22:00

산에 들에 벚꽃 진달래 개나리
물먹고 바람 먹고 구름도 먹고
수줍은 새 색시처럼
해 설핏 웃고 있네
땅을 차고 고여 오르는 물살을 갈라
가지마다 길어주고
들뜨고 설레는 여심 피워 낸 듯
연분홍 빛 얼굴에
샘 나도록 투명하고 뽀오얀 꽃 잎파리
겨울 내내 두터운 나무 등걸 속에
깊이깊이 감춰 두었던 새 하얀 속살을
더 이상 누 질러 감추질 못하고
빠지직 빠지직
청춘처럼 불거져 나온다

바람도 거들어 물살 오른 가지 끝
산과 들은 모두 春風一色 인데
솟구치는 계절에 그 누군들
춘파투석春波投石 하리까 마는

남은 시간에 대해
남은 불꽃에 대해
나눌 수 있는 향기에 대해
절절히 곡두생각穀頭生角할 적에
이별사 라 했든가요?
이젠 눈물도 말랐는데
또 어떻게 이별을 고하며
이제 다신 그대라는 꽃이 뿌리는 향기의 언저리에
더는 머무르지 못할 것 같다 라는
험상한 말들을 쏟아 부으리까
그건 차마 노래하는 황조의 부리를 닮은
꽃잎의 작은 잎술가에 애틋한 사랑의 입맞춤이라도
남기고 싶은 춘몽春夢이 차마 생시는 아니었을 겁니다.

※ 춘풍일색春風一色 : 봄 바람속에 한 가지의 빛깔. 물오른 미인.
※ 춘파투석春波投石 : 봄바람 타고 살랑대는 물결에 돌을 던지는
※ 곡두생각穀頭生角 : 입추가 지나 처음 돌아오는 〈갑자 일〉에 비가 오면, 추수 때
　　　　　　　　　장마가 져서 거두기도 전에 곡식에서 싹이 남.
※ 춘몽春夢 : 봄에 꾸는 꿈, 인생의 덧없음을 비유적으로 이르는 말.

가난한 할미 부자

서영도 / 2017.01.24. 08:50

바람조차 도우미 없는
영하의 매운 날씨
할미의 떨어진 내의 속 마른 전신을
예리한 송곳 바람이
하루 이틀 쫀 것 아니다
얼어서 전신이 깨진다 해도
온몸을 쥐어짜는 여름 더위에
마른 명태가 된다 해도
포도청의 간곡함을
어찌 거부 할 수 있으며
평생의 한 이던 배움의 앙금
어찌 털어 낼 수 있으랴

눈물 콧물 뚝뚝 절은 잔 돈푼 모아
녹슬은 숟가락도 물지 못하고
자신도 모르는 사이
산과 들에 불쑥 버려진
희망나무를 위해 써 달라는 애달픈 사연
가난과 헐벗음의 한파 속에도
할미는 자신의 전부를 나눌 수 있는
진정한 부자가 아니었을까

가을비 내려서

서영도 / 2014년 가을의 어느 날

나목이 철철
피 흘린 언덕에
가을비 흥건히
어깨를 추적인다.

마지막 눈발 쫓는
삼월의 환희도
파릇 파릇 싱그럽던 여름도
짝을 찾던 새들의
애달픈 언어도

찬바람 가을비에
부리를 닫고
계절의 강권에
날개를 접는다

흩날린 가을 하나
고이 주워 보려니
깊어지는 내 인생도
낙엽처럼 떨어져 가겠지

가을 속에 엮긴 세월

서영도 / 2014.11.16. 오전에

피는 꽃 지는 꽃
때 늦은 소낙비가 갈림길을 만들고
황망한 세월
만남과 이별을 깎아 낸
조각 같은 이야기
쓰러진 꽃나무를
일으켜 세우고
하염없이 떨어지는 차가운 빗방울을
저 하늘로 다시 되 돌려 보 낼 수는 없는가.

가슴을 진동하는
계절의 울음소리
출항하는 뱃고동처럼
천지를 흔든다
죽음으로 이뤄낸 새로운 삶을
부활이라 했는가.
이 가을엔 부활을 지우고
낙장이라 불러다오

힘겹게 가지에 매달리어 떨다가
속절없이 떨어져간 낙엽의
절규가 들리지 않는가
가지를 놓은 낙엽은
그 길이 끝이 아니라
새 삶을 찾아 떠나는
동경憧憬으로
가슴 떨며 떨어져 가고 있다고

※ 동경憧憬 : 어떤 것을 간절히 그리워하여 그것만을 생각함.

가을비 낙엽의 애서를 동봉 한다

서영도 / 2014.10.

카펫처럼 낙엽이 내려앉은
가을비의 음산한 오솔길 따라
추적 추적 홀로 걷노라니
밤새워 물 먹인 바람
온 몸으로 견딘 잎 새
아쉬운 이별을
쓰다 지우고 지우고 다시 썼네

이별의 시간 앞에
화장 지우고 떠날 채비
깨알처럼 적어 보낸
한 장 한 장
눈물로 찍어 쓴
낙엽의 애서로다

가을의 독백

서영도 / 2016 가을 어느날

달력이 윤달을 더하며
세상사를 만들어 가고
그믐 달도 별 하나와
정분을 났다더니
가을이 산달인가 보네

가을걷이 기다리는
산 고을
밤 익어 떨어지고
산자락 황금 벌판
달빛 아래 빛나네

그믐 달
밤 바다로 나서는
이지러진 돛단배야
황금 벌판 예 놓아두고
또 어디로 떠나느냐

가재 찌개

서영도 / 2015.7.18. 오후에

우리의 동지, OO 께서 가재에 얽힌 이야기를 카 톡에 올려놓았다.

가재찌개의 구수한 맛과 어머니의 손길을 따스한 언어로 멋지게 그림을 그려 놓아 글을 읽는 순간 그 장면 장면이 그림으로 떠오른다. 가재가 가득 담긴 그릇을 들고 가는 OO의 행복해 하는 모습이........

내게도 언 듯 가재에 얽킨 옛 생각 한 토막이 떠오른다.

그때도 아마 이맘 때 쯤, 아주 더운 여름 날 이었다. 그리고 그 날도 토요일이었다. 다음 날은 휴일인지라 청소년들의 가슴은 뭔 일이라도 일어 날 것 같은, 설레는 가슴이 울렁 울렁 가늘게 뛰지만, 정작 토요일과 일요일은 그리 큰일도 없이 그냥 극장으로 아니면 소주 몇 병으로 설레는 마음을 달래 곤 했다.

그날 점심 때 쯤 우린 어디 갈데 없을까? 이 궁리 저 궁리, 싱숭 생숭 하며 점심을 먹다가 약간 들뜬 목소리로 도가 말했다.

"야 우리 낚시 갈까? 전에 청평 지나오다 봤는데 낚시 자리 좋은데 하나 봐둔데가 있는데?"

만이 약간 의외라는 듯 말을 받았다. "얀 마! 너 낚시 할 줄이나 알아?"

"야 인석 봐라 행님을 무시한다! 이래 뵈도 왕년 소시 적에 탬 질(챔질) 낚시 좀 해본 사람이야!

"야 그거 안 해 본 사람 어디 있나? 그게 그냥 강 낚시와 같은 줄 아나?

"야! 아무튼 너 간다는 거야? 안 간다는 거야? 한 사람이 낚시 대 한 두 대씩 사 가지고 가구, 거기다가 소주 몇 병 사고 초 고추장 하나 사면 끝이야! 바루 잡아서 회쳐 먹는 맛! 야~~ 그맛 느낌이 안 오냐?"

"야! 너희들이나 갔다 와, 난 여기서 주酒님이나 찬양 하련다."만이 풀 죽은 목소리로 말했다.

"그래? 그럼 원이 갈 거지? 가서 하루 밤 새면서, 좋은 공기도 좀 마시고, 더불어 밤 낚시도 하면서, 회 맛도 보면서, 흐흐 기분 좀 내보자고, 어때?"

"형 왜 그래~~? 난 벌써 형하고 같이 가고 있어! 내가 형 좋아 하는 거 알잖아, 내가 여자라면 형을 사랑했을지도 몰라 형, 아무튼 난 같이 가요, 형!"

만이 삐죽거리며 말했다. "녀석! 남자끼리 좋아 한다는 기 말이 되니? 히 히~

도가 만이를 나무라듯 말했다. "뭐야 임마? 어- 그래 그래-- 나두 너 동생으루 정말 좋아해, 우리 나이 먹어서도 서로 잊지 말고 살자, 원이야 고맙데이!"

"그래 형! 그럼 내가 가서 낚시 사 올게, 형은 다른 거 준비해."

"오케이! 그러자 그럼 나두 준비 할게---!"

녀석들과 그런 대화를 나눈 뒤 서로 갈라선 도가 하늘을 올려다 봤다. 시꺼먼 구름 한 덩이가 지나가다 말고 멈춰서 내려다 보며 이죽거리는 듯 했다.

그래서 도가 "왜 임마야? 뜰브냐?"

그랬더니 구름이 "아- 남자들도 서로 좋아 하는구나! ㅋㅋㅋ!"

하면서 자기네끼리 희희 낙낙 거리며 천천히 어디론가 흘러 지나갔다. 그리구 바람도 한 점 불다가 잠시 멈추며 우릴 비아냥거리며 "잘해 보소" 하면서 지나가고 있었다.

그리구 더 삐죽거린 건 만이 였다.

"원이 저 녀석은 도가 어디가 좋다고? 어디고 간다면 무조건 따라가고, 술 마신다면 같이 술 마시겠다고 하고, 도가 하자는 대로 한단 말이야! 내 원 참!" 하며 입맛을 쩝쩝 다시며 단골 식당으로 술 한 잔 한다며 사라졌다.

도는 원이가 낚시를 사러 간 새 숙소로 가서 저녁 먹을 것과 소주 6병과 안주. 그리고 초 고추장도 잊지 않고 샀다. 그리고 덮을 것을 준비해 배낭에 꾸기 꾸기 넣고 매달고 해서 두 짐을 꾸려 문 밖으로 내 놓으니 어디 다녀 오시는 길이신지 문이 형 형수님이 들어오시다 의외라는 듯 말했다.

"도씨 어디가요? 이거 무슨 배낭이예요?"

"아! 예 형수님, 원이 와 저, 밤 낚시 가려구요"

"밤 낚시요? 어디로요?"

"청평요"

"아서요. 낚시 베테랑인 형도 잘 못 잡는데 도씨 가 봤자 허탕치고 고생만 할걸요!"

"그냥 시골 공기 마시며 하룻 밤 놀고 온다, 생각하고 가는 거예요."

"그럼 모르지만........ 아무튼 가면 많이 잡아와야 되요! 매운탕은 끓여 드릴 테니.......!"

"예 형수님!"

이런 이야기를 형수님과 주고받는 사이 원이가 낚시 대를 사가지고

와서 빨리 가자고 재촉 했다. 우리는 배낭을 짊어지고 터미널로 가서 춘천 쪽으로 가는 버스를 타고 청평으로 달렸다.

상원이가 궁금한지 물었다.

"형! 청평 어디로 갈거야? 내가 생각하기엔 청평 다가서 청평 댐 밑 쪽 다리 밑이 좋을 것 같던데!"

"그래 거기도 좋은데 릴 낚시는 대성리 조금 지나 조그만 다리 하나 나오는데 거기를 내가 봐뒀거든, 일단 거기서 내리자구."

"알았어, 형!"

두 사람은 대성리를 조금 지나서 다리가 나오자 이곳에서 세워 달라고 말했다. 버스기사 아저씨는 정류장이 아닌데도 선선히 내려주며 많이 잡아오라고 기분 좋게 말해 주었다. 아마도 그들이 아는 기사 아저씨 같았다. 버스는 그들을 내려 놓고 방귀를 뀌듯 한 뭉턱이 꽁무니에 검은 연기를 뿜아내며 "부릉" 소리를 지르며 춘천 쪽을 향해 달음질 쳤다.

두 사람은 물가로 내려갔다. 물가는 도시의 뜨거운 열기는 전혀 찾아볼 수 없었고 상쾌함을 듬뿍 담아서 그들을 맞이하고 있었다. 두 사람은 기분이 좋아져 콧노래를 부르며 컴컴해 지기 전에 텐트를 치고, 텐트를 치고 나면 막 바로 물속에 낚시를 드리우자며, 재빠르게 텐트를 치고 짐 정리를 한 후 낚시 바늘에 구더기 미끼를 낀 다음 낚시 4대를 모두 물속에 던져 넣었다.

그리고 두 사람은 가져온 새우깡 안주에 우정의 소주 1병을 천천히 까면서 낚시 곁에 앉았으나 어쩐지 사방은 잠잠 하기만 했다.

무슨 입질이라도 있겠지 하고 찌를 노려보며 얼마의 시간이 흘렀지만, 어리숙한 두 강태공의 낚시 찌는 더위를 피해 물속을 즐기는 듯 몸통은 거의 물속에 넣어 두고 빨간 머리만 삐죽이 내밀고는 두 사람을 건너다 보며 미안한 듯 눈치를 보고 있었다. 가끔씩 저 멀리 강물위로 뛰어 오르는 큰 고기들의 첨벙 거리는 소리가 들렸고 사방은 이제 더 조용하고 캄캄해 졌다. 호롱불 하나에 의지하며 야광으로 빛나는 찌를 바라보고 있으려니 뒤편 풀숲에선 시끄러운 풀 벌래들 세레나데가 시작 되었다. 밤하늘 별들이 더위를 식히려는 듯 별하나 별둘 강물속으로 뛰어 내리고 있었다. 세상 사람들은 밤이 찾아오면 휴식하려고 집 구석으로 기어 들어가는데 풀 벌래들은 이제서야 장날을 만난 듯 피리불고 꽹가리 치며 노래하기 시작하는 모양이었다.

아무튼 시끄러운 정도는 아니나, 정말 그들은 대단히 떠들고 있었다.

"형! 여기도 조용한 곳은 아닌데? 벌레들의 울음소리가 엄청 나구만!"

"원아 저건 울음소리가 아냐! 저건 지네들끼리 구애의 목청 소리야! 사람들도 애인이 그리우면 애인 집을 찾아가서 창가에 대고 노래를 부르잖아? 그거와 같은 맥락이지! 〈창문을 열어다오 오- 내 사랑하는 마리아〉 하면서 말이야

"그러네 생각해 보니, 형! 그나 저나 고기들이 다 어디 간 거야? 술을 못 먹겠네, 술을--! 안주가 잡혀 줘야 술을 먹을 거 아냐? 형! 잡히면 딸랑딸랑 소리가 날 테니 놔두고 술이나 한잔 더 합시다."

"흐흐 그럴까? 할 수 없지 손가락이라도 빨 수밖에.......!"

두 사람은 이제 고기잡이는 뒷전이 됐고 깡 소주에 새우깡만이 두 젊은이의 밤 낚시 설음을 달래주는 것이었다. 거기에 풀 벌래 노래 소리는 그야말로 한여름 밤의 합창 그대로였으며 대강당에서 공연을 듣는 듯, 그들의 화음을 안주 삼았다. 얼마를 마셨을까? 두 사람은 술이 취해 텐트도 쓰러 트리고 쓰러진 텐트를 덮고 잠이 들었으며 아침에는

추워서 서로 텐트를 끌어다 덮는다고 야단 법석이었다.

그러다가 도가 정신을 차리고 일어나 아침 밥을 짓는다며 왔다갔다 불을 피웠다.

밥을 올리고 김치찌개 만을 끓일 수 없다며 도가 뭐래도 잡아 찌개에 넣는다고 강과 도랑이 맞 닿는 곳으로 올라가서 바윗돌을 들어서 뒤집었다. 하다못해 다슬기라도 잡아서 찌개에 넣어 구수한 찌개를 만들려 했으나 아무것도 없었으므로 바위를 뒤치며 도랑을 타고 위로 위로 오르기 시작했다. 어느 정도 올라 갔을까, 바윗돌을 뒤지니 가재가 한두 마리씩 나왔다. 가재 찌개를 생각하는 도는 신이 나서 도랑을 뒤지며 더 위로 올라갔다. 올라 갈수록 가재가 더 많이 나와 도는 원을 불러 신이 나서 같이 잡았다.

둘은 꿩 대신 닭이라고 물고기 대신 가재라도 많이 잡아 찌개 끓여 먹는다고 신나게 잡다 보니 주전자에 가득 한 주전자가 됐다. 사실 고기 잡아 매운탕 끓여 먹는 것 보다 어떻게 생각하면 더 맛있고 구수한 것이 가재 찌개였다.

두 사람은 얼른 텐트를 접고 물건들을 챙겨 의기도 양양하게 개선 장군처럼 집으로 돌아 왔다. 도착하니 형수가 "고기 많이 잡았어요?" 라고 묻는다.

도는 자랑스러운 듯 "그럼요!" 라고 대답하며 주전자를 내밀었다. 형수가 주전자를 받아드니 묵직하니까. 얼른 주전자 뚜껑을 열어 본 형수님은 깜짝 놀란 듯 말했다. "아니, 이건 고기가 아니고 가재? 웬 가재를 이렇게 많이? 아이고, 아무튼 매운탕이 아니고 가재 찌개를 끓여야 겠네요?"

형수는 "맛있게 끓여 줄께요"라며, 저녁에 먹자고 했다. 원과 도는 피

곤하기도 하고 해서 방에 들어가 골아 떨어져 잠이 들었다.

그날 저녁.

원과 도, 그리고 만은 구수한 가재 찌개 먹을 생각을 하며 식당으로 갔다.

식당에는 벌써 우리를 위해 밥을 퍼서 죽 늘어 놓았으며 가재 찌개 는 큰 찌개 그릇 속에서 보글 보글 소리를 내며 맛있게 끓고 있었다. 이윽고 우리가 식탁에 앉자 형수님은 찌개를 큰 그릇에 담아 내 놓으 셨다. 우선 국물 맛을 보기위해 도가 먼저 국물을 한술 떴다. 원과 만 이는 도의 얼굴을 건너다 봤다, 어떠냐는 표정으로, 그런데 구수하긴 한데 약간 이상한 맛이다. 도는 이상하다는 듯 머리를 갸우뚱 하며 숟 가락을 찌개 속으로 깊숙이 넣어 휘이 저어 가재를 찾아 올렸다. 가재 가 빨간 몸통을 내 보이며 여러 마리 올라왔다. 아차차 그런데 놀랍게 도 가재의 뒤 뚜껑을 따지를 않고 그냥 통째로 가재 찌개를 끓여 놓은 것이었다. 그래서 가재에 비린 냄새가 약간 나며 맛이 이상한 것이었다. 형수님이 가재 찌개를 처음 끓여 보는 모양이었다. 우리는 가재 뒷 뚜 껑을 따서 그냥 먹으려 했지만 비릿한 냄새가 풍겨서 도저히 먹을 수가 없었다. 우리는 얼른 밥만 입에다 꾸겨 넣고 식당을 나왔다. 왜 안 먹었 는지는 아마도 나중에 형님이 형수님에게 설명을 해 주시리라.

지금에서 이야기 하지만 형수님은 평소에 우리들에게 방세를 놓고 밥도 해 주면서 하숙업을 하는 처지였다. 물론 비용은 저렴하게 받았고 정말 집 밥이나 마찬가지로 모든 반찬이나 밥이 맛이 있었다. 그리고 때로는 말씀하시기를

"난 도씨 같은 성품이나 얼굴 타입이 좋더라! 넓적하니 미남형으로 생긴 그런 도형이 맘에 들어요." 하며 빈말인지 진심인지 그런 말을 가

끔 했기 때문에 찌개를 그 지경으로 만들어 놓았지만 뭐라 하지도 못하고 그 자리를 황급히 물러 나왔던 것이다. 원과 도, 만이 세 사람의 가재 찌개의 기대는 그것으로 접어야 했다.

거기다 도와 원 두 사람 보다 더 투덜댄 것은 만이였다. 무슨 가재 찌개를 뚜껑도 안 떼고 끓이느냐 며..... 엄청 투덜 댔다.

세월은 참 많이도 흘렀다. 이젠 모두가 제 갈길로 제 직업으로 이직하여 헤어져 살아 간다.

지금 생각해보면 그래도 그 시절이 무척이나 그립다.

형님과 형수님, 연세가 많이 되셨을 텐데

우리들보다 5-6살 정도 많았던 형님 그리고 형수님도 3-4살을 많았을 텐데........

후에 도는 군대를 갔고 군대를 제대해서는 중동을 가고 그리고 직업도 바꾸고 사업도 하다보니 그들을 까맣게 잊고 살았다. 벌써 몇 십 년이 순식간에 흐른 듯 하다. 그들이 그립다. 젊은 날을 같이 해 주었던, 나를 정말 잘 따르던 원이, 나의 친구이던 만이(만이는 이 글을 쓰기 몇 년 전 저 세상으로 갔다), 형수님, 형님, 이 더위에 어디서 잘 지내고 계시는지

형님, 형수님, 원아 내 친구 만아, 그리고 나를 아는 여러분들 부디 모두 건안하기를........

백마 와 비너스

서영도 / 2017.07.03. 18:05 시 창작 론 실습

황혼녘 강가에 나서니
황혼이 물속에 그림을 그리며
하루를 장삼처럼 걸치고 천천히 길을 떠난다.

황혼의 끝에 홀연히 나타난 페가수스
구름속에 날개를 감추고
날듯이 달려오는 백마여

길고 늘씬한 다리
튼실하고 알맞은 엉덩이를
섹시하게 실룩거리며
은빛 갈기를 휘날리는구나

긴 다리가 힘차게 땅 바닥을 찰 때 마다
다리 밑 어디선가 스멀스멀 나타나는 벌레들
기어이 벌레가 뇌 속으로 기어들어
검은 동공 뒤에 상상의 영상을 만들어 낸다.

인어의 꼬리 지느러미와 팔등신

태고의 하와와 비너스
페가수스를 닮은 그들이
유혹의 몸짓을 보낸다.
황혼녘의 유희 속에서

※ 팔등신八等身 : 키가 얼굴 길이의 여덟 배가 되는 몸. 균형이 잡힌
　　　　　　　 아름다운 몸의 표준으로 삼는다.
※ 페가수스Pegasus : 그리스 신화에 나오는 날개 달린 천마.
※ 하와Hawwah : 하나님이 아담의 갈빗대를 하나 뽑아 만든 최초의 여인.
※ 비너스Venus : 로마 신화의 사랑의 여신.태양에서 둘째로 가까운 행성.

강물 속에 핀 꽃 2

서영도 / 2014.8. 한 여름밤 한강 가에서

바람과 구름과 하늘과 별과 달
산과 나무들
그리고 불야성과 가로등이
덤벙 덤벙 강물로 뛰어들어
이야기꽃 피우는 밤

강기슭의 밤은
오일장 장터처럼
그들만의 시끌벅적한 이야기
새끼 꼬듯 꼬아 낸다

수천 년 걸쳐 엮어 왔던
그들만의 이야기 꽃
하룻밤의 장보기 론
다 엮어 내진 못하리라

밤새 곱 씹던
장꾼들의 입담으로
별도 영글고

달마저 야금야금 스러져 갈 때
사연 많던 가로등도 졸음에 겨워
하나 둘 눈을 감고

강물 속에 덤벙 대던
이야기꾼들이
오늘은 예서 마감 지자며
하나 둘씩 자리를 턴다.

강가의 밤 1

서영도 / 2014. 여름밤 강가를 거닐며

강기슭에 밤은
5 일장 장터처럼
오랜 세월 묵혀 둔
장꾼들의 시끌벅적한 이야기들을
먼지를 털어 펼쳐 놓는다

별 달 바람 나무 산 가로등이
덤벙 덤벙 강물로 뛰어들어
수심속에 피우는 이야기꽃
천년을 흘려서 써 내려온
그들만의 애틋한
사랑과 인생 이야기를
어찌 하룻밤의 장보기로
다 엮어 낼 수 있을까

밤새 곱 씹던
장꾼들의 입담은
별도 영글고 달도 기울어 질 때 쯤
사연 많은 가로등 먼저
하나 둘 꺼져 가고
강기슭 장터의 새벽은
다시 고요가 보초를 선다

걸음마 여행

서영도 / 2015.9.6. 백두 관광 마지막 밤에

어디로 가야 하나
산 넘고 물 건너
불모의 대지에
모래성 쌓기인데

오는 사람 가는 사람
인연의 끈
잡고 끊어 내는
만남과 이별의 공항터미널

인연이었지만
못 알아 볼까봐
인연인지도 모르고
스치는 운명으로 될까 봐

인생의 답을 찾아 떠나는
병아리들의
걸음마 여행길
백두산 초행

겨울밤 비 3

서영도 / 2017.01.12

겨울밤 비 창밖에 후드득거리며
앙금처럼 심장 밑에 가라앉은 외로움과 서러움들
찬 서릿발처럼 일으켜 세워
보다 깊은 우울함 속으로 오한을 줍니다
쓰디쓴 쓸개 즙 같은 인생이었기에
영원의 지우개로 지우고 싶은 충동들이
스멀스멀 추파를 던지고
다시는 삶의 희원希願을 위한
그 아무것도 덧입히지 말자고
다시는 삶의 온도를 위해
그 누구에게도 기대지 말자던
결심의 얼음덩이는 남극의 빙하처럼
어느사이 스멀스멀 너른 바다로 기어 나가고
속절없이 흐느끼는 겨울밤 비는
스러져가는 빙하의 눈물이 됩니다

고향생각

서영도 / 2017.04.01. 21:45

마음은 바람을 닮아가는 구름처럼
동해로 번쩍 서해로 번쩍 내 닿고 있지만
어디 한 구석 쉬이 내려 놓지를 못하고
몽실 몽실 몽환을 헤어나지 못 할 때
고향 마을 햇살 잘 드는 묘지 터
무성한 잔디에 자리한 영혼이
유구하게 덧없이 흐르는 강물을 바라다 본다.

더위가 턱까지 차오르는 날은
예빈산이 흘려주는 개천 웅덩이 속을
자맥질하다 코 속으로 물을 넘겨도 시원한
집으로 향하는 논 둑길에
피어 나던 민들레 금계국은 지금도 피고 있으리
발뿌릴 걸어 넘어 트릴 듯
자신의 존재를 과시하던 돌부리도
오솔오솔 혼자 노랠 부르던 실개천 징검다리도
떠났던 누군가가 돌아 오기를 기다리는지

꼬리에 꼬리를 무는 고향의 추몽追夢들이
예빈산 봉우리부터 막작골 뾰족바위를 맴 돌다가
캄캄한 이 한 밤을 하얗게 태울 작정이다

※ 추몽追夢 : 추억 과 몽환(꿈속)(사전에는 없는 말임-풋내기 시인이 만든 말임)

2부 꽃

고무나무

서영도 / 2017.04.25. 20:45

망설임 끝에 고무나무 하나 사자
유행가처럼 파고 드는 미세 먼지 조차
신선한 공기로 되돌려 주는 고무나무
빨리 한그루 들여야 살 일이다.
가끔 뜨거워진 한숨 뭉텅이가
기도로 한 번씩 몰아 칠 때면
그때면 그때마다 그때서야
간절히 그리워진다. 고무나무가

고무나무가 신선한 공기를
내 폐속으로 불어 넣으며 속삭이겠지
"백년도 못 살면서 천년을 살것처럼 살아 본들
살면 얼마나 살겠어요"
"행여나 아픈 곳 없나, 시린 곳 없나
서로 토닥여 주면서 사랑하면서 알콩 달콩
그렇게 살고 싶어요"

고무나무는 엄마처럼 살기 싫은게 아니라
엄마의 삶을 닮고 싶은 거겠지

서로 얽혀가며 하나의 가족이 되어 가는걸
좋아하는 나무인 것 같다
오늘 고무나무 하나 꼭 들여
볕이 아주 잘 드는 밝은 창가에 놓아두고
닦아주고 씻겨주고 물 주고 싶다.

마음의 고향 2

서영도 / 2017.04.01. 21:45 / 2017.07.14. 04:35

가슴이 타고 간다.
정처 없는 구름을
동해로 번쩍
정동진의 붉은 해를 가슴에 담고
서해로 번쩍
정서진의 일몰로 마음 아파한다.

어디 한 구석 쉬이 내려놓지 못하는
정한 구석 없는 마음이
고향마을 봉화(봉안)
숱 많은 머리털처럼
햇살 잘 들은 묘지 터

무성한 잔디위에 쪼그려 앉아
잠들지 않는
나의 한강을 따라 또 흐른다.
여기가 편한 마음의 고향이다

먹 구름

서영도 / 2017.07.03. 19:33 시 창작 실습 작품

길동이 즐겨 타던 구름이
오늘은
많이 화를 내고 있네

흰 구름속에 감추어 두었던
화 덩이들을 토해내며
눈에 불을 켜며 으르렁 거리네

나중엔 제 성질을 못 이겨
결국 낙수같은 눈물을 철철히 흘리며
길길이 날 뛰고 있네

운명의 구석 2

서영도 / 2016.12.07. 밤

서쪽 새 마저 지쳐
제 둥지 찾아 날아 간 새벽
바람은 공원 구석 혼자 떠돌다
떨어진 낙엽들 모아
운명의 굴렁쇠 속으로
굴리어 간다.

칼바람 속에도 별은 총총한데
하늘은 오늘도 저 위에 계시는지
눈곱만치 작은 소망 조각들
한숨에 비껴
삐죽이 날을 세운다.
이러다 영 안 되면 죽으면 그만이지.......
라고 되 뇌어도 보다가

그게 그리 쉬운 일은 아니다
무의식속에 틀어 앉은
바램
설렘

한껏 꽃 피우고 싶은 소망

겨울은 심해深海처럼
너울이 더욱 심해도
다시 새 봄은
오고야 말 것이라는
구석진 곳에 숨겨진 희원이
봉선화처럼 꿈틀 댄다

울음소리

서영도 / 2017.07.02. 03:00

모두가 잠들어 고요하고 거룩한 이 밤에
창밖에 서러움 토해 내는 슬픈 곡조는
어느 누구의 서러운 울음이런가
쩍쩍 갈라지는 한낮의 대지
초목의 동공도 풀어지고
온 몸이 시들은 파김치 되어 갈 때
소리 없이 울음을 토하는
슬프디 슬픈 곡조가 지천을 흔드네

한편으론 아픈 가슴을 쓸어내고
한편으론 한 뭉텅이 시원한 바람으로
참고 참다 남몰래 풀어내는 생리처럼
지하 세상 아래 것들의 안위를 위해
마지막 한 방울의 피조차
짜내어 준 빈 저수지처럼
황량한 이 빈 공간의
환영 할만 한 곡조가 단비로구나

그대 잠 드셨나요?

서영도 / 2016.12.29. 15:20

그대 이미 잠 드셨나요?
별들이 깨알 같이 속살거리며 유혹하는 밤인데

그대 이미 잠 드셨나요?
은하수의 화음이 눈물겨워 가슴이 울먹이는데

그대 이미 잠 드셨나요?
한줌 스산한 바람이 나를 떨게 하는데

그대 이미 잠 드셨나요?
잔 물결 부서지는 은하수 건너 우주로 우주로
이 밤 당신과 영원속으로 떠나고 싶은데

그날의 혼 불

서영도 / 2014.08. / 2017.03.28.

2014년 4월 16일 세월호의 참사를 보며
선거 때만 되면, 적임자라 떠벌렸던 자, 실로 부 적격, 부 적임자임에,
그 시간 어디서 무엇을 했으며, 실력도 없고, 책임감도 없는 자들이,
어떻게 적임자라 떠벌렸단 말인가?
관리 부실로 인해, 애통하게 스러져간, 노랑 꽃잎의 영혼들에게, 위로를
보내며, 감히 외친다.

아우성 단말마斷末摩 가슴을 찢고
손가락이 달아 피가 터지도록
하늘을 할퀴던
바다여 하늘이여

민초들의 터진 가슴
오천 만이 통곡했고
육십 억 뜨거운 촛농이
스러진 꽃망울의 영혼
눈물로 보듬었다

울리지 않는 종
무엇 위해 매달아야 하며
세상 어떤 것을 위해 심금의 종
울릴 수 있단 말인가

자신이 적임자라 떠벌리던
실로 부 적격자를 향해
짱돌이라도 던지고 싶다
활대를 거머쥐어 독살이라도 날리고 싶다

먹을 것 많을 땐 책임자라 날뛰던 자들
먹을 것 없으니 보이지도 않게 납작 엎드려
서로에게 책임 전가하며 가재미 눈을 뜬다.

저 하늘과
저 바다에
어찌 다시 복을 빌 것이며
어찌 이 나라 무사 안녕을
다시 빌 수 있으랴

노랑 꽃잎 아직도 그 바다에 머물러
검은 장송곡 파도처럼 철석 일 때
떠도는 혼백들의 곡성이
구천을 떠돌고 있고나

※ 단말마斷末摩 : 임종臨終을 달리 이르는 말
※ 살煞 : 사람을 해치거나 물건을 깨뜨리는 모질고 독한 귀신의 기운.

그 만은 (바램)

서영도 / 2016.03.19.

상념의 밤으로 지새우다

멀리 장 닭의 회치는 소리 아련한데
아직도 너는 꿈결의 끝을 잡고
어느 어둠에 골짜기서 헤 매이는지.......
행여 어느 날인가
네가 날 닮은 구석이 많아
다행이고 뿌듯하다는 말들
모두 모두 취소 하련다.
영화 속에서 연기하듯
나의 악역 연기를 네가 따라 답습 하는 게 아닐까 하는
내 불안함과 초조가
기우이기를 바라는 마음은
어느 조용한 골짜기를 홀로 찾아들어
운명의 여신 앞에 넙죽 엎드려
통곡이라도 하고 싶구나.
제발 그 만은 같은 길을 걷지 않게 해 달라고
제발 그 만은 같은 길을 답습하지 않게 해달라고
네가 네 앞에 주어진 삶이 버거워
네 자신도 모르는 사이 酒의 망령에 기대게 되고

멍에를 벗어 던진 황소처럼 길길이 날 뛰고픈
충동에 사로잡히어 네 자신을 갉아 먹는 게 아닐까 하는
두려움과 초조함으로 잠 못 이루게 하던 아침이
밝아오고 있구나.
너는 아직도 아무 소식도 없고
꿀 먹은 소리통 만 하염없이 바라보고 있구나.

어느 날 갑자기 외지로 떠난 자子의 소식을 그리며

그녀가 그립다

서영도 / 2015.12.12.
천안을 다녀오며 오마니 옛 모습을 떠올렸다.

이른 새벽 사알-짝 일어나
찬물에 세수하고 화장을 고치는 여자
참빗으로 곱게 머리 빗고
깨끗한 대접에 정화수 받아 장독대 올리고
자식들의 건강과 입신을 간절히 비는 여자

조반 풍성히 지어 그릇그릇 담아
아랫목 고이 묻어 두는 여자
식구들 밥 먹을 때 부엌에서
달가작 달가작 늦게 들어와 먹고
남은 생선 대가리를 발리는 여자

동네잔치 떡 한 조각 입에 물다
더 이상 못 먹고 주섬주섬 싸는 여자
싸온 떡 자식의 입에 넣어주며
계면쩍게 미소 짓는 여자
친구와 집에 가니 얼른 부엌 들어가
국수 뚝딱 삶아 비벼 나오는 여자

둘이 먹다 한 사람 기절해도
모르겠다는 친구를 바라보며 멋 적게 웃는 여자

바람 찬 겨울 쇠죽 쑨 아궁이에서 퍼낸
화롯불 같이 따수운 여자
잔뜩 흐려진 하늘에 진눈깨비 날릴 때면
그리움 가득한 창가에서 이슬 맺게 하는 여자
오늘따라 그녀가 몹시 그립습니다.

그리운 어머니

서영도 / 2016.08.13. 쓰고 - 2017.03.28. 퇴고

세상살이 힘들어 숨 가빠 할 때
자식새끼가 뭔지
언제든 그들 앞에 엎드려
등판 내주어 발판이 되 주시던
봄날의 양지 같았던 당신
이 산만 넘자
이 강만 건너자
남부럽지 않게 떵떵
거 한 칠순 차려 드리자
되 뇌이고 다짐 했건만

가슴에 당신 모습 차마
그리지도 못했는데.......
못다 한 마음 차마
드리지도 못했는데.......
홀연히
별들 총총한 그 곳으로
떠나신 건가요.
마음 편할 땐 까맣게 잊었다가
외로움 복 바치고
서러움 넘쳐날 땐
홀로 인 듯 웁니다.

못다 드린 마음 아직
예빈산 기슭을 울며 불며
바람 되어 헤매는데
이젠 다신 뵈올 수 없기에
이제 다신 찾을 수 없기에
온 몸으로 웁니다. 그리워 웁니다.
어머니~~~~ ㅠㅠ

그리움 1

서영도 / 2014.9.20. 12:30

강물로 뛰어드는 달빛
형형색색 부서지는
꽃 잎파리

고귀함 앞에 작아지는
허허로운 마음
물안개 만들어 재는 강
작은 쪽배 떠 가네.

빛나는 달빛 보석
별빛 박힌 눈망울
이생의 인연
내 무슨 꽃으로 피나

작은 잎 새 한 장 주워
그리움 담아 제비 편에 띄우면
강남까지 날아 나 갈까

그리움 2

서영도 / 2015.10.01.
그리움이 가을처럼 깊어만

그리워 그리워하면
구름 되어 만날까

보고파 보고파 하면
바람 되어 떠날까

그리움이 깊으면 보고파 지고
보고픔이 깊으니 아픔이 되네

가을은 가슴에 빈 공간을 만들며
그리움도 보고픔도
세월따라 깊어만 가네.

그 밤

서영도

어느 날 밤 문득 일어나
창문을 열었을 때
그 밤이 그토록 찬란함으로 다가올 줄은
하늘이 열리는 소리를 들으며
무수한 별들의
향연을 황홀하게 바라봅니다
허전 하게 빈 가슴
후드득 후드득
장대비 소리 흐느끼던 날은 가고
불꽃 축제 보다 더 아름다운
사랑에 결정들이
낙화하는 소리를 들어요
세상에 기쁨과 슬픔
온갖 세속의 소용돌이 속에서
잠시 일상의 문을 닫고
조용한 별밤으로 탈출을 감행 합니다
오래도록
아니 영원토록
죽어 백골이 진토 되어서라도

이 밤 특별한 이 밤을 기억하고 싶습니다
당신은 달맞이꽃이 되고 별이 되어
반짝이는 눈망울로
미소 속에 무지개를 띄우던
그 밤 당신과 함께 했던 첫 날의 그 밤을
잊고 싶진 않습니다

그 해 여름 1965

서영도 / 1965년 그 해 여름부터 쭉 그랬다

예빈산이 와르르 몸을 떨다
끝내 무너져 버렸고
억수 같은 빗줄기를 가르며
천둥과 번개는
태산이라도 삼킬 듯
악다구니를 썼다
그날
아베는 얼굴까지 거적을 쓰고
누구도 아니 보려는 듯
빗물이 홍건한 마당에 누워
미동도 아니 했다
어매와 누이의
숨 넘어가는 절규가
안 마당을 건너뛰고 담장을 넘어
온 동네로 퍼져 갈 때
비로소 엄청난 일이 벌어진 것을 직감했다

내 어린 가슴을 까맣게 무너트리고
아배는 끝내

민요가락 흥얼거리는 벌건 모습으로
삐거덕 대문을 젖히시며 돌아오진 않았다
주렁주렁 육 남매는
어느새 들판에 선 나무가 되었고
모진 비 바람에 꺼질 듯 흔들리는 촛불이 되었으며
이슬이 젖도록 산 기슭을 헤매는 꿈속이 되었다.
가슴은 깨질 듯 시렸고
그때마다 살아야 한다는 실낱같은 소망만이
쓰러 지려는 육신을 일으키고 또 일으키고 있었다.

그 해 봄엔

서영도 / 2014.12.28. 저녁에

섣달이 신작로 가로등 따라
길게 이어지는 신년의 길목에서

불붙은 벽난로처럼
따스함이 일어서는 가슴 깊은 곳엔
때 이른 봄기운이 완연하다

설렘 가득한 진달래 개나리가 피어나고
상큼 새초롬한 벚꽃이 흐드러지게 피어
봄의 만개를 알린다

지난 겨울은
찬바람도 많이도 불었고
시린 눈발도 몹시 거세었지만

네가 다시 내 가슴에 들어와
불씨가 된 후
내 가슴은 겨울 내내
햇살 따순 봄날 이었다

금 계국金 鷄菊

서영도 / 2014.07.01.

왕수천 자전거 길가 산들거리는 금계국을 보며

겨우살이의 고통은
봄의 축제를 기다린
산고의 몸부림이었나

바람에 녹아있는
천상의 음악으로
너는 온몸을 사르는
춤 사위에 묻혀 있구나.

서글픈 병아리 눈물
꽃잎 속에 고이 접어 두고
오늘은 우아하고 귀여운
노랑 나비되어
원도 없게 한도 없게
모두 털어 내 보려무나.

꽃

서영도 / 2016.10.20. 08:40

내 앞에 서있는 그대여!

너무나 아쉽다........

그대가 꽃이었다는 게............

꽃의 눈물 1

서영도

꽃이 운다
님 떠난 길목에서

님 그립단 말
차마 하지 못한 서러움
아린 꽃잎에 맺혀
가을 비처럼 슬프게 뿌린다

세상 사람들은 그 눈물을
꽃의 향기라 부른다

존재의 이유

서영도

예뻐서가 아니다
잘나서가 아니다
많은 것을 가져서도 아니다
다만 너이기 때문에
네가 너이기 때문에
잊을 수 없는 것이고
보내기 싫은 것이고
놓고 싶지 않은 것이다

그래서 안스러운 것이고
끝내는 가슴에 못이 되어 박히는 것이다
이유는 없다
더 이상 나에게 너와 함께 하는
이유를 묻지를 마라
네가 너라는 사실
네가 그냥 너이기 때문이라는 사실이다

그것이 내 삶이 되었고
내 전부가 되었고

내 뼈 속에 존재가 되었으며
내 살 속에 존재 했다
그대가 내 영혼 속에서 숨 쉬고 있었으니
더 이상 왜 그러 하느냐 묻지 말았으면 좋겠다
이것이 내가 존재해야 할 이유인 것이다

꽃이라는 이름의 존재

서영도 / 2016.04.13. 09:30

그들이 온다는 소리도
반구의 언어도 비치지 않았다
낮에도 밤에도
태양이 움트는 새벽에도
황혼이 뜨락을 적실 때도
아무도 본이가 없었고
그 누구도 들었다는 이 없었다.

따져볼 월력도 없었고
주변을 돌아볼 겨를도 없었다.
그렇다고 바람에 숨소리
얻어 들을 귀는 더욱 찾을 수 없었다.
하지만 그들은 약속이나 한 듯
한 봄 한 시 한 껏 피어올라
그들만의
축제를 성대히 벌리고 있었다.

온 동리 온 나라 전 지구
새파란 어린이도 누렇게 익은 황혼의 노인까지
세상에 모든 존재

기쁜 맘 한 아름씩 안겨주고
행복한 맘 가슴 가득 채워주는
꽃들의 미소와 향기

센 바람과 무례한 인간들에
흔들리고 꺾여도
아- 아프다 오- 슬프다!
눈물 한 방울 보이지 않았다
어느 날 이른 새벽
꽃 잎 사이로
이슬 방울 한 방울 맺히더니
절망에 비명소리 한 소절도 없이
벼랑 속으로 나락 속으로 떨어져 갔다.

한 송이 꽃의 희망과 일렴은
한 알의 밀 알에서 한그루의 거목이 되겠다는 것
단 시간 저 마다의 걸맞는 추억만 남긴 채
또 다시 세월 속으로
스르륵 스르륵 스러져 갔다

꽃의 눈물 2

서영도

꽃은 꽃이로되 꽃이라
말하지 못하고
서러운 눈물 철 철 흘린다

울밑에 봉선화도 울고
담장너머 장미도 서러워 울고
들에 백합화도 운다
향기가 짙은 꽃일수록
눈물이 많다

꽃은 짙은 향기로 운다

꿈

서영도 / 2016.12.19. 02:45

동토 속에서
겨울 내내
소생하고픈 만물이
꿈틀거리고 싶은 울분을 참고
파릇파릇
돋아 나고푼 울화를 참고
형형색색
피어나고픈 소망을 참고
영롱한 숨결을 고루며
봄바람의 향기를 기다리고 있다
닭이 홰를 치지 않아도
새벽은 오듯이
봄은 조만간 오고야 말거라고

꿀

서영도 / 2017.02.02. 11:00

봄바람 한입 베어 문 입춘의 바람결이
나뭇가지에 매달리어 그네를 타니
안테나를 돌리던 벌들이 바깥 나들이 소망에
침에 독을 바르며 안달을 한다
겨우내 먹기만 하던 벌집에 꿀이 떨어져
바가지 긁는 소리가 여기저기 들렸다
애를 잡아 먹는다는 무서운 소문도 돌았다
동네 마이크가 켜져 있는 것을 깜빡 했기 때문에
방송은 삽시간에 온 동네로 퍼져 갔다

꿀을 따려면 꽃이 피어야 하고
꿀을 만드는 공장의 기계의 굉음이
언 땅을 녹이는 팡파르 음악처럼
울려 주어야 한다
꿀 공장이 없으면 꿀도 없다
꿀 먹은 벙어리라도 찾아
더 멀리 날아야 한다.
꿀은 벌의 동력이고 기름이다.
꿀 공장이 멈추면 기름도 떨어지고

배는 더 고파진다

丁酉年 벌들의 세상에
이상 기류가 생겼다.
누군가가 꿀을 싹쓸이 했다는 소문이
온 세상 식당 차림표가 되어
동네마다 많은 벌들이
이젠 어떻게 살아야 하느냐며
수근 수근 거렸다
벌들이 참다못해
도로로 몰려나와 도로가 시위의 주차장이 되었다
앵 앵 거리며 목숨을 담보로 속도를 위반하며
경쟁하듯 달려갔다.
그 어딘지 모를 곳 꿀이 있는 곳을 향해
한 톨의 꿀이라도 더 따기 위해
자신 몫의 꿀을 찾기 위한 아우성
서로 가속 페달을 밟으니
날개짓의 굉음이 고막을 찢을 듯 하다.

기름 값이 꿀 값을 넘어섰다
생명유지를 위해서는 꿀을 따야한다.
꽃을 찾아 꿀을 찾아
더 멀리 더 빨리 날던
벌의 날개가 하나 둘 꺾인다.
한두 마리 그리고 뭉텅이 벌들이
한강물로 투신하는 비극이 생겼다.

여왕벌은 몰래 꿀을 독식하며 감춰 두었던 꿀을
몇몇 부하들과 합세해
누구도 못 찾을 음침한 곳에 꿀을 숨기기 시작했다.
속으로만 울던 벌들이
이젠 더 이상 꿀을 딸 꽃을 찾을 데가 없다며
여왕벌이 감춘 꿀을 찾자며
반딧불 하나 씩 받쳐 들고
무리를 지어 광장에 나와 목청을 높였다.
"혼자서 독식 말라. 꿀은 만 벌의 것이다."

반딧불을 높이든 벌들의 목청에

여왕벌이 쫓겨 날 무렵

문어, 망둥이, 꼴뚜기, 망아지, 까마귀 뱁새까지 나서서

자신이 왕벌 적격자다. 내가 왕벌 자리에 올라야 나라가 산다.며

입에 게 거품을 물고 침을 튀겼다

자신이 얼마나 수준 미달의 벌인지도 모르면서

과거 자신이 왕벌의 적격자라고 우겨서

억지 왕벌이 되고 나니

벌집을 쑤셔놓은 듯

온 동네를 엉망으로 망쳐 놓고는

죄송하다거나 자신이 책임지겠다는 부 적격자는 눈 씻고 보지 못했다.

곧 죽어도 자신은 부적격자가 아니라는데

차마 눈 뜨고는 볼 수가 없다

하늘을 손바닥으로 가리려 하는가

하늘이 깨어 날 때가 됐다는 것을 그들은 아직도 모르는가 보다

꿈 이었소 2

서영도 / 2014 어느 날 / 2015.8.6. 퇴고

우주 속에서는
전능全能의 우산 속에서는
비 바람도 없고
눈보라도 없었는데

껍질을 깨고
눈을 떠보니
떨어진 곳이
오지墺地이여라

누구를 원망 할까
존재의 무거움이
바위처럼 짓눌러도
무슨 말을 할까

아서라
갈바람에
한 장 낙엽 되어
떨어져 가련다.

뱁새가 황새의 꿈
접어 들으니
꿈 이었소
꿈 이었소
사는 게 다 꿈 이었소.

천사는 밤에 우는가

서영도 / 2015.10.26.

밤은 이슥한데
선잠 속에 들리는
아련한 노크 소리
반가움 반
두려움 반
창문을 열어 봅니다
오 나의 천사
사랑하는 천사여
가슴에 깊이 묻었던
차마 못한 그 말

창가에 부서지는
후드득한 눈물소리
밤의 그림자는
고독을
독주와 눈물로
잠재운 이에게
쓰디쓴이 내려주는
현란한 천상의 리듬

수초 같은 춤사위

까만 꿈속으로
속세의 덧
모두 벗어 버리고
천사 따라 훨훨
까만 여행 떠나는
깊은 가을비 속의 이 밤

낙엽 1

서영도 / 2015.11.24.
늦가을과 초 겨울의 정취가 함께 묻어나는 시간
강원도가 가까운 포천엔 가을도 채 무르익기 전 눈이 내려
온 누리를 덮었다. 찬 바람 속에 스산하게 날리는 서글픈
낙엽이 조우 되는 저녁이다.

거스를 수 없는 운명 앞에서
한 떨기 이름조차 없는 낙엽으로
문패도 없고 번지 수도 없는 곳으로
나는 무단히 떨어져 갈 것이다

그것이 나의 운명
의식 세계에 경유도 못한 채
무의식 세계의 미아처럼
동화작용의 한 가운데서
정착 할 곳조차 모르는 채
오면 가고 가면 오면서
부운(浮雲)처럼 흘러 만 가야한다.

거역할 수 없는 공간의 작업
강제는 없으나
꽃을 피우고 생명을 만들기 위한

부문의 한 축이 되어
태양의 전능한 힘을 빌어
만나고 헤어지기를 반복했었다.

어느 날 찬바람이
어깨를 스치며 지나쳤고
머리칼이 갈기처럼 날리던 날
이미 퇴직 통지서가 도착하고
통지서의 잉크가 마르기 전
전선 끊긴 엘리베이터는
중력의 힘을 따라
지구 한쪽 어딘가로
내 팽개쳐지고 있었다

순간 눈물조차 흘러나오지 않는

불상사의 운명 속에
속절없는 이별은 이어 졌고
꽃잎을 감싸던 잎새들은
정든 가지를 떠나 가야 될
거스를 수 없는 운명의 시간을
받아들여야 했다

다시는 돌아 올 수 없는
정든 가지와의 이별
몇 분의 시간이 주어 졌는지 아지도 못한 채
떠나야 할 시간이 주어지면
이 생의 미련을 고이 접고
주저 없이 떠나려 하는
한 잎 낙엽의 독백

※ 浮雲 (부운) : 하늘에 떠 다니는 구름. 덧없는 세상世上을 비유하는 말.

낙엽 2

서영도 / 2020.11.06. 12:30 자정에

세상에 살아있는 존재들이 너나 없이 겪는
삶과 이별의 차디찬 교차로에서
너는 이별의 인사조차도 없이
세찬 바람을 안고 나뒹굴 때
영영 인연의 끈을 놓아야 하는
낙엽의 하얀 미소를 본다

찬바람도 맘 둘곳 없어
낙엽이 가는 길 동행하니
홀로 남은 황혼녘이 서러워
목이 긴 고란이도
별도 없는 밤하늘을 향해
목청을 돋운다

날개 1

서영도 / 2015.8.3. 오후에

어깨쭉지에
날개가 있는 듯
저 깊고 푸른 하늘을 날아 보이겠다며
어느 날 가슴에
눈 뜰 무렵
세상을 향해 프드덕 거린다

장대들고 망태메고
별을 따고 말겠다
홀로 뒷산 오르고
지개에 소쿠리 언져
분연히 동구 밖으로 나아가
달을 딴다고 홀로 동동 거린다

깊은 산중 참 다래
피고 지고 지고 피고
익어서 떨어지고
떨어지고 싹이나고
몇몇 해 흘렀든가

누구나 3

서영도 / 2015.8.16. 70번째 광복절 연휴에

나두 내일의 언젠가
흙과 동무가 되어
미련하고 숨 가쁘던 이생의
희노喜怒 산창酸愴한 무용담武勇談이나
주절거리고 있을 거야!
어느 바닷가 어느 산골 돌 틈 사이 모래 밭에서
모두를 벗어놓고 내려놓고
가야할 시점에 도달하면
이생의 헛된 물욕과 시기와 질투와
싸움이 필요하진 않으리라

※ 희노喜怒 : 기쁨과 노여움
※ 산창酸愴 : 몹시 슬픔. 매우 슬픔.
※ 무용담武勇談 : 싸움에서 용감勇敢하게 활약活躍하여 공을 세운 이야기.

내 마음의 비행기 (독백)

서영도

어느 것이든 처음 비행은 두려운 마음의 날개가 있어
가슴은 보이지 않게 두근 거린다
그리고 첫 비행은 언제나 신선과 흥분과 희망이 가미 되어 있다
세상이라는 창공을 향해 한껏 날개 짓을 해 본다
어디만치 날았을까 흰 구름도 보았고 빛나는 별들도 달도 보았다
그러나 순항은 그리 오래지 않았다
언제나 비행을 방해하는 구름은 도처에 떠돌고 있는 것
흰 구름 뒤엔 먹구름이 있었고 먹구름이 감추고 있는
비바람과 번개와 천둥은 어마무시 했다
그 도구들을 마구 쓰기 전에 피하던지 아니면 아주 멀리 달아나 거
리를 두어야 한다
하지만 먹구름은 비행기 보다 더 빠르게 우리를 앞 지른다
운명의 신이 방해라도 하려는 듯 비행기는 먹구름이 뿌려놓은 덫의
따가운 파편을 맞는다
호흡은 거칠어지고 떨어질 것 같은 현기증으로 세상이 흔들거린다
가끔은 하선 하고 싶은 험한 유혹에 빠지기도 한다

공동묘지도 보았고 납골당도 보았다
선을 넘어 선 수 많은 혼백들 그들은 이 생의 비행을 마치고 속절없

이 세상을 등진 생명들이다

하지만 그들이 다녀 간 자리를 또 다른 생명들이 자신이 타야 할 운명의 좌석을 찾아 승선을 한다.

사람들은 자신의 운명을 만남으로 모양과 혈색과 지역과 수저를 배정받아 울고 웃고 사랑 하면서 시기하고 질투하고 아파하면서 살아내야 할 운명의 비행을 시작한다

운명의 강물은 언제나 흐르고 어디 선가 끝을 보기 위해 흘러갈 것이다

슬픔같은 전율이 번개처럼 온몸을 휘감아 돌아 간다

이 무거움의 존재를 언제까지 지고 끌고 가야 길고도 짧은 비행은 끝이 날까

얼마나 남았을까 남겨진 시간들을 어떻게 비행하여 안착 할 수 있을까

푸르던 젊음은 긴 터널을 지나 황혼에 물들고 있는데

내 새끼

서영도 / 2016.1.30. 홀씨를 찾아내다

그와 나는 닮았다 한다.
보기엔 어느 구석도 닮은 곳 없어 보이건 만
사람들은 이구동성
닮았다 한다.

싫은 것도 아니다
그렇다고 귀찮은 것은 더욱 아니다
복잡하게 엉켜 돌아가는 세상에
그와 난 무엇이고
나는 그에게 무엇이란 말인가

그는 내 안에 한 마리 작은 새였다
작았던 고사리 손이 점점 커지고
박 새 같던 그가 어느새
자신의 먹이를 자신이 찾는
큰 솔개가 되었다

이제 그는
자신을 위한 자신만의 세상으로

여행을 떠나려 한다
솔개의 참 세상을 향해
새로운 길을 내려고 한다.
솔개가 하늘을 박차고 날아 올라
당당해 질 때
나는 안도의 긴 숨을 쉬리라

너는

서영도 / 2017.04.18. 15:20
먼저 떠나간 동생들 생각에 잠기다

한 계절 바듯이 피었다 스러지는
꽃잎을 닮은 거니
뒷담 밑 실개울 따라 흘러 간
도랑물을 닮은 거니
백여 년 전 너나 나나
이 생이 무언지도 몰랐을 때
반짝이는 눈도 없고
바람소리 듣는 소라 닮은 귀도 없던 때
넌 어디서 무엇이 건데 어떻게 우리 곁에 왔었고
또 어떤 의미가 되려고 그리도 일찍 떠난 거니

뒷산 꾀꼬리도 슬피 울더라
철새도 울며 울며 날아 가더라
못난 형 못난 오빠 잘못 만나
잘 해 주지도 못했는데
깊은 마음의 정 내어 주지도 못했는데
내 눈에 장맛비 퍼 부어 놓고
온 세상 물바다 만들어 놓고

철새처럼 철없이 떠난 사람들아
슬픔이 녹아내려
요즘도 가끔 주륵 주륵 소낙비 내린다

PS : 문득 문득 석이와 금이가 생각이 난다

창가에

서영도 / 2015.12.3. 자정에

사각 사각
밖을 서성이는 당신은
기다리던 그대 인가요
투득 투득
창문을 두드리는 당신은
그리운 그대 인가요

숨 죽인 발소리
살금살금 다가설 때
훅 열어 젖힌 창가엔
새 하얀 고무신 벗어 든
함박눈이 소북이
미소 짓고 있네요

무심코 던져 진 짱돌

서영도 / 2017.07.03. 18:40

남산에서 아랫 동네로 짱돌을 던지면
개구리 몇 마리나 잡을까
에베레스트 정상에서 희망봉으로
바위를 굴리면
개구리가 대체 몇 마리가 죽을까

무심코 던진 돌이
지구상에 함께하는 이웃들에게
피해를 얼마나 가하고 있다는 것을
모르고 사는
인간이 무섭고 위험하더라

무심코 던진 언어의 폭력 짱돌
무심히 쓰는 SNS 폭력
비적임 정치인들이 던지는 세욕의 언어
얼마나 많은 사람들에 마음에 상처를 주는지
던지는 그들은 알기나 한 것인지

3부 인생엔 정답이 없더라

누나

서영도 / 2017.04.11. 16:10

백지보다 더 푸른 물 뚝뚝 절어 있는
팻기 가신 얼굴에
세상에 대한 분노
한아름 한 지개 감추어 놓고

당당 한 듯 씩씩 한 듯 살다가
한번 씩
한 서린 삶 서러움의 뭉텅이
검붉은 빛깔의 울화통
울컥 울컥
각혈처럼 토해낸다.

어쩌다 미천하고 가난한
농부의 딸로 태어나
어린 세월 가슴에 묻은
구박 댕이 누나
시리고 서러운 세월
홀로 감내하며 육십 넘어 칠순고개 당도했네.

물가에 가면 물처럼
바람 앞에 서면 바람처럼
흔들리며 살아온 삶
누나 머리에도 어느새
된서리도 참 많이 내리었네.

어매 아배의 묘소에 잡풀들이
마구 일어서서 설치는 밤이면
가슴 아파 잠 못 이루는 누나가
이제 사 어엿한 딸이 된 듯하구나.

인생엔 정답이 없더라

서영도

친구야(친구야, 친구야) 친구야(친구야, 친구야)
살아보니 인생 그거 별거 없더라
견뎌보니 인생 그거 별거 아니더라
네가 잘 나 뭐하고 내가 못 나 뭐 하더냐
그러려니 하고 그냥 살아가자
그렁 저렁 얽혀서 살아가면 되지 않겠니

어차피 찾아 온 이세상 / 언젠간 흙으로 돌아 갈텐데 /
아웅다웅 산다고 / 천 만년을 살 건 아니 잖니 /
이 세상 그 누구도 / 영원하진 않더라/

친구야(친구야, 친구야) 친구야(친구야, 친구야)
인생 살아보니 그거 별거 없었지
인생 고민고민 해도 그거 별 수 없었지
화낸들 무엇하고 싸운들 무엇하냐
때론 져주고 때론 보듬으며
그것이 이기는 것, 져 주는 것이 이기는 것이지

때로는 넘어 주고 / 때로는 못 이기는 척 /

때로는 지는 척 / 어울렁 더울렁 함께 하자 /
그것이 이기는 것 / 그것이 잘 사는 것 /

친구야(친구야, 친구야) 친구야(친구야, 친구야)
여보게 친구야 어느덧 우리 인생도
어느새 가을인 듯 바람도 선 듯 선 듯
빨갛던 태양도 어스름한 노을이 되었고
그 좋았던 젊은 날들 이제는 석양으로 기울었네

그래도 그래도 / 봄꽃 보단 고은 단풍이래 /
돌아보면 고단하고 / 험난 했던 지난 세월 /
가까웠던 별들이 하나 둘 / 단풍되어 낙엽으로 떨어져 가네 /

친구야(친구야, 친구야) 친구야(친구야, 친구야)
주어진 시간이 얼마나 남았는지 아무도 아무도 모르지
가는 세월엔 장사도 없고 순서도 없다잖니
이 세상 한 세상 후회하지 않도록
좋은 친구 좋은 동무 사랑도 하고 우정도 나누며
산도 오르고 바다도 찾으며

남은 세월을 알차게 마음껏 즐겨나 보세

오 오 그러다 / 하늘이 나를 부르면 / 나를 부르면/
가뿐한 맘으로 / 마음도 가볍게 / 훨 훨 /
돌아나 가세 / 돌아나 가세/

살아 보니 인생— 진짜 그거 별거 없더라--
거기엔 정-답-도 없—더—라------

바람이 지나는 곳

서영도 / 2017.03.15. 19:00

계절의 수래 바퀴 속
따라 도는 요지경 세상
어떤 구름은 제길 찾아 떠나고
어느 바람은 가지 위 빈자릴 찾아
까치발로 멈춰 선다.
겨우내 앙상해진 가지
멈춰선 춘풍
찬 손잡아 어루만지니
계절의 담 넘어 잠들었던 생명
어느 사이 꿈틀대며 속살을 찢는다.

눈을 뜨는 버들 강아지도
삐약 삐약 삐약 삐약
깨고 헤집고 털고
뛰쳐 나와야 할 이 세상
힘 겹 다는 듯
차표 없이 길 떠나는
실개천 따라
희망에 나라 가고 싶다며
보송한 솜털 흔들며 이슬을 떨쳐낸다.

봉선화의 꿈

서영도 / 2016.12.07. 밤

서쪽 새 마저 지쳐
제 둥지 찾아 날아 간 새벽
바람은 공원 구석 혼자 떠돌다
떨어진 낙엽들 모아
운명의 굴렁쇠 속으로
굴리어 간다.

칼바람 속에도 별은 총총한데
하늘 님 오늘도 저 위에 계시는지
기도조차 안 되는 한숨으로 지 새우다
이러다 영 안 되문
가면 그만이겠지 가면 그만 이겠지

근디 그게 그리 쉬운 일은 아니다
가슴 밑바닥 또아리 틀 듯 틀어 앉은
꿈
바램
소망
사랑의 쪼가리들

겨울은 심해深海처럼
너울이 무진 심해도
봄은 끝내
또 오고야 말 것이니
담장 밑에 숨어 지낸 희원이
때 이른 봉선화의 꿈처럼
또 다시 꿈틀 꿈틀 대고 있다

※ 심해深海 : 깊은 바다. 보통 수심이 200미터 이상이 되는 곳을 이른다.

베짱이

서영도 / 2016.9.25.

옛날 어매는
오롯이 자식을 위해
밤새 베를 짜는 베짱이가 되었다.
베틀은 힘겨운 듯
덜커덕 덜커덕
봄 여름 가을 겨우 내내
쉬지 않고 돌아갔다

시인은 가슴으로 베틀을 돌리고
화가는 붓으로 베틀을 움직인다.

베를 짠다는 건
제 몸을 깎고 잘게 부수어
세상 밖으로 뿌려 보는 노작勞作
시인詩人이던 화가畫家이던
심장이 부르트도록 짠 베의 질質은
하늘에 맡기고
순천명順天命 하는 일

※ 노작勞作 : 애쓰고 노력해서 이룸. 또는 그런 작품. 힘을 들여 부지런히 일함.
※ 순천명順天命 : 하늘의 뜻을 따름.

불꽃

서영도 / 2017.02.05. 14:00

잘 꾸미면 춘삼월 공원에 피어난
진달래 보다 더 예쁜 꽃

갈무리 잘 못 하면
크건 작건 마구 꽃을 피워
마음에 상처를 주는 꽃

내면에 숨긴 덩어리는
세상 어느 것 보다 뜨거워
잘난 사람 못난 사람
가리지 않고 도움에 꽃을 피워 주는 꽃

잠시 잠깐 한눈 팔면
화상에 꽃을 안겨 주고
공손히 환대하여 자릴 잡아주지 않으면
엄청난 화를 돋우는 꽃

언제나 화 낼 준비가 되어 있는
불꽃이 오늘
한강 어귀에서 하늘로 하늘로
꽃으로 피어난다 불꽃놀이로 피어 난다

손

서영도 / 2016.10.03.

누구를 위해 움직이던 손길인가

수 길 낭떠러지 같은 인생 험로에서
한 가닥 줄에 매달리던 손

씽 씽 돌아가는 원 톱날 인생 길에서
맨손으로 들이 대던 손

길길이 날뛰는 무당의 작두보다
더 무시무시한 프레스 칼날 밑에
맨 손을 마다 않으시던 손

으스러진 뼈를 몇 차례 추스리고
고통에도 무심한 듯 참아 내신 손

마른 옥수수같이 거칠어져
자식의 등을 긁어 주면 시원하던 손

저 손이 자식에서 손자로
손자에서 그 손자로 이어지고 또 이어지는
손의 대 물림은 이어져 가겠지

슬픔의 행로

찬바람이 창문에 스미어
새벽잠을 깨울 때
일찍 깬 매미 한 마리
물기 마른 목청으로
아침의 세레나데를
실밥처럼 뽑아낸다.

깨어났구나.
살아 있으므로
환희와 기쁨을 누려야 할
한 떨기 꽃
잎 새에 이슬은 빛나는데.

허둥거리며 살아가는
자신이 서럽고
애처로워 소리 없는
울음을 우는 건가

세상을 토닥이며
쉽게 살아가는 사람들 보면
한편 부러워 웃는다.
서러움 앞에 초연超然하고 결연決然하자며
주절 주절 투덜 투덜 거리면서--

아비

서영도 / 2017.02.05. 16:00
아이들 키울 때 책임감과 잘 살아 보겠다는 일념으로
온 몸을 불사르고 싶었던 때가 있었던.....

새 달력으로 시작되는
새달의 새벽 5시
전날 들이킨 탁 배기로
순두부처럼 푸석해진 몸
알약으로 재부팅 되는 컴퓨터가
복구도 되기 전
두 개의 알람 음이
하드 속으로
송곳 같은 화살촉을 쑤셔 넣는다.

대문소리도 악다구니를 치는
인간의 등 밀치는 바람 소리도 차가워
바깥 동네가 냉대로 비틀거릴 때
덮어 준 이불을 들고 차며
아비를 믿고 빠진 새벽의 꿀 잠속
꿈의 굴렁쇠를 굴리는 아이들에게
뜀틀 앞에 엎드린 발판이 되고자

포도청 지붕 밑에 대들보가 되고자
절벅거리는 발걸음 소리 따라
컴컴한 세상 속으로
빨려 들어 가고 자 한다.

오늘도 몸의 원소를 방울 방울 나누어
저 하늘 바람 따라 소리 없이 흘러가는
시커먼 비구름 되어
어디서든 내 한몸 우려 내어야 한다.

강이 되고 바다가 되어 (어머니)

서영도 / 2016.11.26.

찬바람 나뭇잎을 스쳐 갈 때에도
누군가의 곁에 기대고 싶을 때에도
가만히 입술 위에 올리기만 해도
따스한 털 외투처럼
가슴을 훈훈케 하는
당신에 온기
그 온기 어느새
가슴속에 일렁이는 바다가 되어
파도처럼 철석철석 흐느껴 웁니다.

오늘도 여전히 그립습니다.
내일도 여전히 그리워 하겠죠.
사랑합니다. 그립습니다.
이생의 늦어 버리고 놓쳐 버린 순간들
되돌릴 수는 없는걸 알면서도.
가슴속에 흐르는 강은
오늘도 당신 곁으로 흐르고 또 흐릅니다.
어머니----

친구 1

서영도 / 2017.02.15. 낮

떠돌던 흰 구름이 시커먼 서글픔 가슴에 품으니
소나기가 되고
검은 흙속에 애송이 벌레 살기위한 사투로
한 마리 하얀 나비가 된다

이렇듯 세상에 살아 남기위한 몸부림의 소리는
친구가 술 넘기는
걸걸한 목소리에서 감지 되고

친구를 떠올리기만 해도
걸쭉한 탁주의 향기가 콧속을 파고 들어
입맛이 살아나는 밤

바람이 한가로운 밤 바다에 돌고래들
끼룩끼룩 사랑 하는데
탁주의 향기가 소리없이 그리운 밤
너는 어디서 탁주의 향에 취해 있느냐

잔나비 소탕 작전 1

서영도 / 2016.12.20. 02:58

근자에
인간의 탈을 쓴 잔나비들이
인간의 행동을 흉내 내며
막가파 식으로
먹이를 향한 욕심이 발동해
입이 터져라 꾸겨 넣어도 성이 안 차는지
비닐에 싸서 쌈 싸 먹 듯 삼키기도 하고
더 독하고 욕심많은 잔나비는
비닐에 싼 먹거리를 밭 가운데다 몰래 묻기도 하고
일부를 똥구멍 속에 찔러 넣기도 하다가
백일하白日下에 들통이 나기도 한다

허나 이번 사태에 즈음해 민간 최고 기관 포도청은
민간들이 채워야 할 포도청 훼손이 심하므로
욕심을 부리다 들통 난 잔나비들을
모두 잡아들여 자 잘못을 묻고 따지어
죄과를 부과하기로 하였으나
인간이 다 되어가는 잔나비들 인지라
인간보다 더 잔꾀가 많고 요리조리 죄를 부정하니
진짜 이 나라의 주인 되며

146 · 풋내기의 시詩와 담譚

이 나라 최고의 권력자인
흰 옷을 입은 무리들이 거리로 쏟아져 나와
"원숭이를 잡아라. 유치장에 처 넣어라. 회전의자를 박탈하라."

외치며 진검을 휘두르매
원숭이들이 헐래 벌떡 굴속으로 꼭꼭 숨어
무서워 덜덜 떨다가
자신의 죄를 인정하며 굴속으로 나오매
잡아 가두기도 하고
그동안 앉아 있던 의자를 박탈하니
흰옷 무리의 백성들의 한이 조금은 풀리더라
허나 아직도 과한 먹이 욕심과 죄를 부정하는
동조 원숭이들의 어투가 난무하니
원숭이를 두둔하고 따르는자들 모두 색출하여
격리하여야 한다는 목소리가 감사기관에 연통 되어
하늘의 뜻에 따라 인간위에서 군림하는 원숭이들을 모두 색출 처단하니
동방의 등불이 온 누리를 다시 비추게 되더라

정녕

서영도 / 2017.01.30. 11:10

정녕 당신들은 인간이기를 포기하려 하는가

끝없고 한없는
욕심의 굴레
한강물에 벗어 던져
수장 시키지 못 한단 말인가
점점 깊고 깊은 죄의 수렁 속으로
곤두박질치는 자신을
정녕 당신들은 모른단 말인가

죄를 죄가 아니라 하고
도덕을 도덕이 아니라 하며
상식을 상식이 아니라 하고
인간이여야 함에도 인간이 아닌
진정한 인간으로 돌아오기를
정녕 당신들은 포기 한단 말인가

비정상을 정상이라 하는 인간
비틀어진 욕심과 자욕恣慾만이 가득 한 인간

역사의 굴래 앞에 비굴하고 치욕스런 인간
오직
달콤한 부귀와 영화만을 쫓는 인간

정녕 당신들은 인간이기를 포기하려 하는가

※ 자욕恣慾 : 제멋대로 부리는 욕심

추억의 능내역 2

서영도 / 2016.12.05.

1
인적 없는 능내역
기적소리 들리 난 듯
녹 슬은 기찻길이
옛 생각 불러 온다.
그때나 지금이나
한강 수 유구한데
先人은 자취 없이
어디로 가셨을까

후렴
젊은 날이 묻어있는
기억 속에 능내역
기적소리 잃어버린
추억 어린 능내역

2
능내역 새벽기차
민초들의 통근 길목

상행선 하행선이
윤회 같은 하루살이
잡초 덮인 능내역
바랜 기억 서성일 때
정든 사람 인적 없고
찬 바람만 싸늘 분다.

후렴
젊은 날이 묻어있는
기억 속에 능내역
기적소리 잃어버린
추억 어린 능내역

※ 선인先人 : 앞선 사람들, 전대前代 사람들.
※ 윤회輪廻 : 수레 바퀴처럼 끊임없이 돌아가는 인간사.

화 젓가락 인생

서영도 / 2015.08.22. 11:40, 2017.01.30. 05:03 퇴고

사그러져 가는 화롯불
다독이며
다정했던 날들의 기억속으로 빠져듭니다.

화 젓가락이 달아 오를수록
가슴은 더 아리고
애증의 수렁은
가늠치 못할 만큼 깊어지기 만 합니다.

어느 날은
안타까워 가슴에 불을 지르고
어느 날은
영원 하고 픈 심금에
안달하는 나를 봅니다.

흐르는 세월 사이
추억의 희 뿌연
뼈골 같은 재 가루만 수북이 남겨 놓고
나는 홀로
녹 슬은 화 젓가락처럼
망연히 서있을 뿐입니다

메밀 꽃 밭에서

서영도 / 2017.07.04. 07:48

소금같이 눈부신
하양 메밀 꽃 향기
아프게 아프게
가슴에 닿아 스치면
엄마의 모습이
엄마의 생각이
서럽고 그리운
눈물이 되어
동공의 호수 뒤에서
슬며시 안개처럼
고개를 처 듭니다
그냥 그리고
마냥
그립고 보고푼 이름은
그대로 메밀꽃 향기
어머니입니다

님

서영도 / 2016.02.28.

님이 새벽 녘 어스름 한 사이로
찌푸린 얼굴 숨기시고 계실 때
한 끼의 빵을 얻고자
이기利己의 두루마리 한 몸뚱이를
경쟁과 욕심이 난무하는
거친 심연의 바다 속으로
거침없이 뛰어 듭니다

심연의 바다 속에는 더러
자신은 "욕심 없이 산다."라고 말하는 자
"나라와 백성을 위하여 살고 있노라."
외치는 자를 봅니다.

우린 그가 양의 탈을 쓴 것인지
늑대의 탈을 쓴 것인지
진짜인지 가짜인지
막상 구분하기 막막 합니다.
그들은 양의 얼굴로 분장을 했고
목소리도 양처럼 나긋 합니다

님은 아직도 찌푸리고 계시군요.
속 시원한 말 좀 보태 주시면 좋으련만
허기사 수천 수만 년을 말없이
세월만 말아 드신 분에게
무슨 말을 구하 오리까

이젠 님 조차 양인지 늑대인지
과연 하늘에는 정말 계시는지
가늠 조차 되지 않습니다.
허나 역사는 흐르고
역사 앞에 벌거벗은 인간들이 차고 넘칩니다

일국의 최고 권력자로 지냈었기에
그 직을 그만 둔다 해도 의식주 만큼은
근심 걱정 털끝 만큼 안 해도 될 만큼
녹이 주어 지거늘
뒷 주머니가 째지도록 숨기고 또 숨기는
참변을 봅니다.

하지만 그가
양으로 분장한 늑대보다 더한 철면피이기에
인간이란 감정 조차 느끼지 못하는
병자인지도 모른다는 기우杞憂를 합니다
오! 님이시여
이 시대를 이 나라를
어찌 하오리까 어찌 하오리까

※ 철면피鐵面皮 : 쇠로 만든 낯가죽이라는 뜻으로, 염치가 없고 뻔뻔스러운
　사람을 낮잡아 이르는 말.
※ 기우杞憂 : 앞일에 대해 쓸데없는 걱정을 함.

무인도

서영도 / 2017.07.10. 21:37

인적 없는 고요한 섬
내가 왜 여기 와 있지
인생의 최대의 위기인 듯
인생 최대의 기회인 듯
인적은 없고 존재만 있을 뿐
고요의 함성이 요란 하기 만 하다

새들은 울고 있지만 눈물이 없고
파도는 거세지만 헐떡이지 않는다.
소라와 조개 오징어와 우럭이들이
처음 대하는 인적의 곁을 기웃거리고
무인도의 바람은 거세기 만 하다

움직임이 있을 뿐 소리는 없다
구름은 먹구름이 제일 셀 것 같은데
불쌍하다며 하늘조차 울어버림 어짜지
이 고요속에서
이 허전한 무인도에서

적개심

서영도 / 2014.10.12. 일요일에.......

몸이 안 좋다더니
지금은 좀 낳아 진 것인지
현재는 불편 없이 지낼 만 한 것인지
떠나는 너를 차마 배웅 못 하고
덜컹거리는 마음으로 멀리서
너의 뒷 모습만 바라 볼 뿐
네가 탄 차가 떠나고
시야에서 멀어질 때
차마 울리지 못한 가슴 속 종소리가
뒤 늦게 하염없이 울리는구나.
그 후 종소리는 그칠 줄 모르고
문득 문득 가슴을 울리는구나.

두 사람 사이의 간격 때문에
어린 너의 가슴에
멍울을 만들던 일들이
후회의 상처가 되어 있구나
프로이드가 연구하기를
어린 날에 남자들은

어미에 대한 사랑 때문에
아비에 대한 적개심은
자동으로 생긴다지만
그 적개심을 더욱 더 부추긴 것 같아
가슴의 한켠이 쓰리구 아프구나
이제 너도 아비가 되었으니
아비에 대한 적개심
세상에 대한 적개심 모두 꺼내
태평양에 홀 홀 던져 버리고
좀 더 따듯한 마음으로 세상을 대하며
행복한 삶을 살아가기 바란다
아비는 그러하지 못 하더라도

민들레의 눈물

서영도 / 2016.09.
용인 신축 운동장 길가에 핀 민들레를 보며

민들레꽃이 운다.
님이 밟고 떠난 길가에서

임이 미워 그립 단 말
차마 못 하더니

기다리고 기다리던 길가에서
그리움 가슴에 차마 묻어 두고

하늘색 향기의 눈물
가랑비 같은 슬픔을 참아 내더니

끝내 터트리고 말았네
민들레의 서러운 꽃잎과 향기로

160 · 풋내기의 시詩와 담譚

사람들아

서영도 / 2016.03.25.

풀잎에 맺힌 영롱한 이슬이
별처럼 빛나지만
이슬이 떨어져 부서지는 아픔을
그 누가 알리오.

산자락에 홀로 피어 더 외로운 진달래
아무도, 아무도 알지 못하고
바람에 스러져 떨어지는 꽃잎
눈물의 뜻은 아무도 모릅니다.

사람들아. 사람들아
이슬처럼 떨어져 부서져갈 사람들아
사람들아. 사람들아
꽃잎처럼 떨어져 스러져갈 사람들아

세상욕심 부질없다 부귀영화 부질없다
허물 벗듯 맨 몸 뚱이 껍데기 벗으면
백골이 코 앞인데 무슨 욕심 그리 낼까

세상에 존재 있어 아직 그림자 있을 때
욕심에 굴래 미움의 굴래 모두 벗어 버리고
할 수 있다면 사랑 할 수 있다면
단 한번이라도 애틋하게 찐 사랑을 해 보라

바람아

서영도 / 2015.04.18.

어데를 댕겨 오는
바람 이었나
창문에 온 몸 부대 끼며
징징 대는 이여
밤새 이 나무 저 나무 사이
분주히 오가 더니
먼동 트는 새벽
찜질방에 자릴 잠는다.

새벽녘에 떠벌이
까치에게 얻어 들었나.
냉기 찬 세상
눈칫 밥 한 그릇
얻어 자셨나.
자주 터지던 마그마는
계절 따라 잦아들고
이슬 먹은 백일홍
청아한 코스모스
세상 사 다 아는 듯

조용히 미소 지으며
새 세상 학수 고대하며
피고 지고 지고 핀다네

밤비

서영도 / 2016.04.16. 20:00
토요일 밤 창문 사이로 밤비를 보았다.

살짝 벌어진 문틈사이로 비집듯 새어 들어와
마음 만 흔들어 놓고 사라질 듯 멀어지던 너
끈 떨어진 소리의 끝자락을 부여잡고
秒傳音(초전음)으로 애원을 타전 해 보지만
차마 말문은 열지를 못 한다.

또 다시 이별 할 까봐 또 다른 이별이 싫어서
사랑이라 말하고 싶었던
너무나 허망한 너무나 아쉬운
시간들 소리들 모습들 기억들
내 생의 한쪽이었던 시간들
내게 그 무엇이었던 소리들
이젠 꿈으로 남은 별빛 같은 기억들
사라 질까 봐 날아 갈까 봐
숨 죽여 문틈 사이로 너를 엿 듣는다

밤비여 문틈을 사이에 두고
너를 엿 듣는 나를 의식한 듯

남겨 두었던 너의 모든 끼

모두 다 쏟아 부어라

세상에 단 한곡으로 밖에

존재 하지 못 할

그 누구도 흉내 내지 못 할

불후의 명곡을

오늘밤 잠 못 들어 뒤척이는

밤톨 같은 나를 위해

신명나고 거친 난타를 연주 하여 주렴아

※ 초전음招電音 : 사람을 부르거나 초대하기 위한 진성이나 전화음성

밤의 독백

서영도 / 2014.9.12.

밤의 독백을 지껄여 본다.

어둠이 불을 켜 든다.
가로등도 켜 들고
밤 하늘 찌른 타워 불도 켜 들었다.
장에 가셨다 탁 배기 잔에
늦어지신 아버지를 기다리 듯
마을 어귀 알배기 등도 높이 들어
먼발치까지 발 돋음 해 치켜 든다.

컴컴한 밤이 싫었나 보다
나란히 나란히 서로 서로 등불을 치켜들고
둥지를 향하는 사람들의
빈손 빈걸음을 내려다 본다.
그래도 너는 어깨를 나란히 할
동무가 있어 좋겠다
그래도 너는 밤을 함께 지새울
친구가 있어 좋겠다

시인은 밤이 되면

빛 바랜 물래를 꺼내 들어
삐거덕 삐거덕 홀로 돌린다
밤중 홀로 집을 짓는
깊은 산속 왕거미가
고독한 실을 맨몸에서 뽑는 것처럼
오늘밤도 매끈하고 단아한 명주실
뽑아 올리긴 그리 쉽진 않을 것 같구나

백두의 꿈

서영도 / 2015.09.05.
북파 장백을 올라 천지 곁에 서다

높고 넓은 천지의 자긍심
아름으로 보듬고
장백폭포 장엄한 물줄기
민족혼을 달구네
억년의 용트림 온몸으로 운기 받아
속세의 찌든 탐욕 말끔히 씻어 버려라

쇠심줄처럼 단단하고 질긴 민족이
천지 아래 한 덩이 어우러진 칡넝쿨
인고의 잔인한 세월 억새처럼 강인하고
풀잎처럼 부드럽게
비바람에 꺼져가던 겨레의 불씨를 살아
마침내 찬연한 성화
한라에서 백두까지 당당히 댕기리라

겨레여 민족이여
찌질한 파벌의 굴래
검불처럼 벗어 던지라

대 한민족을 일으켜 세운
백두의 천지신명 굽어 살펴 사
세계 으뜸으로 일어 설 대한민국

후세에 떳떳이 물려 줄
백두의 높고 천지의 깊은 꿈
새로운 도약 새 천년의 꿈이
무궁히 피어날 무궁화 동산으로
우리 함께 애써 꽃 피워 나가세

별

서영도 / 2015.11.18.

기억 속으로 순간 이동을 하다

홀연한 가을바람 결 문득 별 하나 스치었다
어느 소녀의 머리칼처럼 칠흑같이 까만 밤
초생 달이 애끼 손톱 보다 더 작던 밤
술래잡기 하다가 얼결에 둘이 숨어든 방공호
쿵쾅 쿵쾅 술래 찾는 소리보다
더 크게 들리던 달콤한 두근거림은
두 청춘의 심장 소리였나

올빼미처럼 숨을 죽이고
서로 잡은 두 손엔 촉촉이 땀이 배어났다
방공호에 가득한 보드레한 소녀의 살 내음
몽실한 감촉의 몽환이 코앞에서 출렁이는
까만 밤색 머리칼의 간지러움
덜 익은 토마토 같이 부드럽고 풋풋함은
열두 살 풋내기 청춘의 작은 가슴에
불꽃으로 살아났고
출렁이는 바다의 파도가 되어 넘실댔다

캄캄함 속에 빛나던 진주 빛 별 하나
초생 달이 애끼 손톱 같은 밤이면
뇌성처럼 울어 대는 나의 오감은
그 옛날 갈잎 같던 시절의
고향의 방공호 속으로
의지와는 상관없이 순간 이동을 한다

병운에게 부치는 글

서영도 / 2017.05.14. 10:00

새 하얗다 못해 시퍼렇던 날들이 언제 이던가
동안 끄나풀처럼 당기던 대로 끌려 나오던 무수한 밤
별도 보고 달도 보고 주酒님도 보았지
단단하던 껍질을 무의식처럼 깨고
애벌레가 나비로 껍질을 벗던 날이 있었다.
아마 도농17 중딩시절 쯤이 아니었을까
그 시절 산과 들에 널려 있듯 피어있는
꽃들 위로 나비처럼 자유로이 날 때가 좋았었지
하지만 꽃 중에 꽃을 찾았을 때는
더 이상의 방황은 있을 수가 없었다.
우리 연식으론 생애의 봄날이
그때가 아니었을까 한다.
머무를 꽃이 정해지고
후생의 꽃과 나비를 만들었을 때
힘겹지만 즐거운 마라톤의 시작이었지
하지만 달린 다는 것은 쉽지만은 않았기에
간혹 씩 주酒님을 찾아 고해로 안주按酒하기도 했었다.
지금은 모든 세상의 희노애락 내려놓고
잠시 잠깐 숨을 고르는 시간

이제 새로운 막을 올리는 또 다른 출발선이다

그 운동장에선 어떻게 달려야 할지

그 영화 속에는 또 어떤 장면을 찍을 수 있을지

부디 그곳에서도 좋은 장면 많이 만들고 또 완주하기 바란다.

이생에서 너 정도면 십전 만점에 팔 점은

당연 받는 우등생 점수 였어

잘 가시게나 우리도 약간 뒷 차를 기다릴 뿐

곧 그 출발선에 서게 될 거네

조금 늦은 감은 있어서 지금 말이네만

자네 집에서 치러진 지난 동창회서 차려준 마지막 술상

그리고 내가 노래를 만들었다 하니

"자네가 정말 자랑스럽다"는 말 정말 고마웠다네.

7월에 비가 온다 2

서영도 / 2015.07.23. 비오는 저녁에

비가 온다.
그토록 목말라 하던 농부의 애를 태우던
7月에 비가 내린다.

손을 들어 잡아도 보고
얼굴 들어 맞아도 보자
7月을 비를

조용하게 툭탁이고
시끄럽지 않을 맨치로 후드득 후드득 소리를 치며
세상에 한발 한발 다가서는
7월에 비여

그런데 왜 이 때 쯤에서
눈에 눈물이 차오를까
도세 참지 못할 분수 같은 빗줄기

가슴 밑바닥을 태웠던
하얀 잿더미와

먹구름처럼 체내를 떠돌던
까만 숯덩이들

울컥 울컥 솟구치는
활화산 같은 눈물이 되어
7월의 가슴속에 비가 내린다.

비행

서영도 / 2015.10.1. 비오는 오후 천사를 만나다

비오는 날의 처녀 비행은 외로움을 씻고자 떠나는
아슬 아슬 한 모험
젖은 몸을 털어 철 잊은 제비처럼
날개 짓 해 댄다

비 쏟아지는 강물 위로
낮게 비행을 하니
빗방울의 리듬이 경쾌하고
코스모스 꽃밭 위를 지치려니
빛깔 고은 꽃잎의 노래를 듣는다

나의 창을 찾아가는
빗소리를 뒤로하고
빗방울을 튕겨 하늘로 하늘로
힘찬 날개 짓 하자

먹구름 위 쌍무지개 언덕
무지개 위 가뿐히 앉은
구름 옷 천사가 금빛 햇살 미소로

젖은 나를 반긴다

아 나의 천사여 나의 천사여
그대의 따듯한 미소가
나의 젖은 속세의 날개를
깨끗이 재워 말려 주렴아

사랑 합니다

서영도 / 2015.10.5. 새벽 이천을 가며

시들어 가던 꽃나무도
따듯한 목소리로
사랑합니다 사랑합니다
그대를 사랑합니다
계속 주문을 걸면
엔돌핀을 생성시켜 소생한다고 한다

믿음은 좋은 것이고
소망 또한 필요한 것이지만
전 우주를 다 헤집어도
찾지 못 할 그 말
사랑 합니다 사랑 합니다
그대를 사랑 합니다

대기권을 건너고
중력 없는 천체天體 밖에서도
새 생명의 싹을 틔우는 그 말
사랑 합니다 사랑 합니다
그대를 사랑 합니다

산 까치

서영도 / 2014.7.30.

매화 향기 구름을 타니
솔의 파도 산봉우리 오르고
바람과 구름과 꽃과 나비가
어우러져 벗하며 사는 곳이
그들의 터전이리

산을 제집 삼아 놀던 까치가
마을 가까이 내려와
부리가 부서지도록
부지런히 집을 지으니
까치의 주둥이가 성하지는 못 할 진대

부귀영화 좋은집 좋은 옷
뭇 세상의 유혹들
떨 쳐 버리는
까치도 부리를 쉬는 시간
은은히 들려오는
아득한 산사의 목탁소리는
까치도 재우고 마을도 잠 재운다

헌시獻詩 윤동주

서영도 / 2015.08.15. / 2017.11.17 18:30 /
70번째 광복절 시인에게 바치는 헌시

부끄럽지 않게 살기를 희망 했던 청년
하늘과 바람과 별과 시를 노래한 순진무구純眞無垢한 청년
자신 시가 쉽게 쓰여 짐이 안타까워 가슴 졸이던 청년
교탑 꼭대기 걸린 십자가 떼어 짊어지고
예수께서 가신 길에 동도동지同道同志 하겠다며 얼굴 붉히던 청년
민족 애愛 넘쳐 조국을 가슴 그득 품었던 청년

기어이 숨결 한 모금 벼랑에 드리우고
8.15 광복을 목전에 둔 채
1945 년 2 월 16 일
꽃보다 더 푸른 28세의 일기로
왜倭의 침탈의 거센 항거자가 되어
차디찬 후쿠오카 옥방獄房에서
대한독립 네 글자 피를 토하듯
쓰다가 별이 되어 간 청년

강철 같은 그대 시어詩語에 강산 일어나고
눈물 젖은 그대 시어에 민족혼이 한강으로 흐른다.
그대의 시어의 불씨 조국 혼불로 타오르니
대한은 당신의 이름을 불멸의 한 송이 무궁화라 하겠습니다.

생 과 인연

서영도 / 2015.04.25. 광적에서

아침에 꽃이 피고
저녁에 꽃 진다
어떤 인연 물 따라 또 흘러 흘러 갔나봐
떨어지는 꽃잎
계절의 화려함도 가는 길엔 부질없네

조물주가 깔아놓은
보이지 않는 고리와 인연의 덫은
손의 보존을 위해 자신을 투신하는
불굴의 의식과 믿음이 존재되어 질 뿐

광활한 우주 속에
자신을 내 던지는
꽃잎의 살신성인 이야기
어느 누군들 모를까 만은

꽃잎은 만고의 진리
자손의 보존과 완성을 위해
낙화암 밑을 흐르는 거센 물살로
속절없이 뛰어드는 그대여
그대가 꽃이고
그대가 꽃잎이리

4부 새내기

사생 시간

서영도 / 2017.03.27. 07:30

예나 지금이나 숲속의
하늘은 청청하고
별이 손에 닿을 듯 가깝다
대지는 부드러운 목소리로
씩씩한 바람에게 속삭이는
사생의 깊은 골짜기

장미가 곱다하나
한철이면 스러지고
나무가 건재하나
세월 따라 고목으로 스러지니
이생에 스러져 가는 것이
그 뿐인가 할까 보냐

존재 한다는 건
언젠가 스러지니
슬픈 것은 아니다 만
씁쓸함이 가슴을
휘 저으며 쓸고 가누나

무엇을 위해 무슨 삶을 위해
새벽 공기를 가르며 뛰어야 하고
어떤 사랑을 위해 어떤 종소릴 위해
한 송이 꽃으로
스러져야 하는가

존재하는 것은 모두가 아픔 인 것을

삶 1

서영도 / 연민의 글 중에서

잡초 같은 인생
내가 왜 이생에 온 것인지
답도 없는 질문만을 무성히 던지며
허망한 가슴에 무엇 하나
가슴에 품어 보구 싶은 게 없이
살아 온 청춘이지 않는가
그냥 살아왔다 그저 목적도 없이
바람이 부는 대로
낙엽이 지는 대로
따라가고 밀려가며 살아온 인생이었다

꿈을 꾸어 보지도 못했고
목적을 심어 보지도 못했다
터지려는 긴 한숨을 겨우 겨우 참으며
다시 바람 속에 서자
그리고 거리로 나서자 외로운 거리로
거기서 외로움을 잊자 어느 한 곳 빠지다 보면
모든 희노애락은 잊어 지리라
그리고 외로움을 즐기자
차라리 나에겐 외로움이 어울릴지 모른다

삶 2

서영도 / 2014.9.13. 많이 아픈 계절에........

묵은 낙엽 밑에 감추었던 상심이
삐죽 삐죽
독버섯으로 고개를 든다.
그 독버섯들이 지병이 되어 온몸을 운행하며
가슴에 자물쇠가 되어 자리 잡으려 한다.

세상의 존재함으로 남아야 하나
이것은 내가 아닐진대
차라리 나의 존재를 수술하듯 도려다오
내 속에 또 다른 누가 있었나
후회하는 내가 나란 말인가

후회는 아린 통증으로 강이 되어 흐르고
회오의 세찬 파도가
가슴에 시퍼런 멍울을 만들며
멍울자릴 후벼판 듯 쓰리고 아파온다

많이 아프다 가슴 가운데가
세월에 장사는 없다는데
이 빠진 목마름이
시름없는 포효를 한다.

내가 꿈꾸었던 세상은 이런 세상이 아니었음을.......

새내기

서영도 / 2016.04.08. 07:00

바람과 함께 다녔다
밤도 잊고 헤매이는
빗줄기 같은 사연을 안고
문틈사이로 흘러드는 시린 바람도
잉잉 떼를 쓰는 운명에 구걸하듯
고슴도치의 대 바늘을 섬뜩하게 들이대며
덤벼들어 피할 수 없는
밤의 승부수의 한판을 건다

산더미같은 해일이
업장처럼 밀려드는
이생의 터널속에서
오늘은 다 갈아 엎으리라
오늘은 다 갈아 마시리라
운명이던 숙명이던
집히는 대로 먹어 치우고 싶은
왕성한 식욕의
국문학도 새내기

선반

서영도 / 2015.11.1.
나의 안전한 선반을 찾아서 삼만리

이 귀퉁이 저 구석에
뒹굴며
둘 곳 못 찾던
해 진 가슴

그대 나의 선반이 되어 주니
겨우 겨우
올려 놓을 곳
찾았네

하늘 땅 세월

서영도 / 2014.10.20. 비오는 새벽에 겨우.......

새벽 빗소리의 무게는
가슴을 흔들고
가라앉은 마음은
빗소리 따라
오솔길을 따라 나선다

수억 수만 세월 견디어 왔던
하늘과 땅의 세월은
추秋한 아픔들을
어찌 다 삭히며 견디었을까
생각의 생각들이 꼬리를 문다

※ 秋(추) : 가을의 그립고 아픔의 세월

시름

서영도 / 2014.8.

까만 밤 강 뚝에 앉아
긴 시름의 대 낚을 드리운다.

태공을 희롱하던 고기 떼
숨죽이고 입질 한번 없다

서글픈 시름 안개
구름 타고 태공 맘 떠나니

강물에 떨어진 별들만이
어설픈 낚시 줄에
줄줄이 매 달린다

새벽녘

서영도 / 2015.06.14. 일요일

휴일인데 아침부터 비는 내리고 웬지 허전하고

새벽녘
퍼붓는 비 소리에 깨어난 잠
버릇처럼 생각에 잠기다가
나타샤를 떠올리고
30년을 울리고 또 울린 나타샤를 생각하니
가슴이 아파오고
눈물과 미움만 남기고 떠난 나타샤
부슬부슬 내리던 빗줄기
소나기 되어 가슴위에 퍼붓고
얼굴 위로 쏟는 빗줄기는
눈물이야 씻겨 주겠지

아침에 땡긴 소주 발
냉장고 뒤편 깊숙이 구겨 넣어
당분간 오랫동안 소주은 잊자고 한 작정
비가 내리고 가슴이 젖으니
그 자정 능력 구름처럼 씻겨 가고
나는 조금씩 미쳐가기 시작하고

아직도 비는 내리고
하늘조차 우렁우렁 가슴을 들었다 놨다 하고
나타샤는 더 그립고 아프게 하고
그리움은 미움으로 미움은 원망으로
수만 겹 쌓여가고

목에서 불이 붙고 갈증은 증폭되고
이 목마름 하늘을 탓하고
나타샤를 울린 너를 탓하고
이제는 비가 싫고
나리는 비에 젖는 내 가슴이 더 싫고
소주는 바닥이 보이고

소나기 1

서영도 / 2014.06.23.

소나기 퍼 부어지던 날 서울 국립 현충 원을 떠올린다.

하늘이 우는 거냐.
구천을 떠도는 혼이 우는 거냐

빗소리 구슬픈 현충원에서
복 바치는 서러움 끝내 참지 못하고

웅텅이 설움 토하는 당신은
자신을 태워 세상을 밝히는

까만 숯덩이의 눈물
사무친 염원의 소나기 되어
하염없이 이 밤을 우는 것이냐

소나기 2

서영도

수일 수년이 흐른 뒤
바다의 품에서
만남을 기약하는
그리운 몸부림

더 뜨겁고 더 빛나고
더 단단한 껍질을
잉태하기 위한 억척의 산고

사랑하라 더 사랑하라
더 아픈 이들의 가슴에 뿌려 줄
한 줄기 단비가 되어라

더 뜨겁고 더 시원한
한 줄기 소나기가 되어라

아! 선열이시여

서영도 / 2014.8.18. 15:00 오후 3시경에

조국을 위해 산화하신 선열 앞에 헌화
신성한 국기에 대한 우리의 의지 경례
당신은 자랑스러운 태극기 앞에
한 점 부끄러움은 없는가
당신은 자랑스러운 국기 앞에
당당 할 수 있는가

하나 뿐인 목숨을 초개 같이 버리신 선열이여
이 강산 이 터전이 부르트고 갈라졌을 때
죽음으로 구하고자 한 것이 무엇이 건데
무엇을 보존하기 위해 선택한 길이 건데

어찌 신성한 조국 앞에 방자함이
포말처럼 밀리는 것을 지켜 보오리까
거리에 서면 확연히 보이는 매국노들의 활보
백성의 피를 빨아 자기 피라며
그것이 권리인양 그것이 진정한 이 나라에 자유인양
말하고 외치고 버젓이 행동 합니다

아 사무친 자유여
외제 차, 외제 가구, 외제 옷 자랑 하더이다
더우기 겸손의 미덕을 보여야 하는 엘리트 족속과 연예인들이
이 나라 이 백성을 더 부추 키고 더 날뛰 더이다.

어찌 보오리까
단칼로 단죄한다 해도 분이 성애처럼 서리 나이다.
선열이여 당신의 목숨이 무엇이건데
그들의 목숨은 또 무엇이건데 그토록 방자가 하늘을 찌르옵니까
방자와 방종을 모르는 자의 단죄가 선포 되는 날
선열이여 내려와서 단술로 흠향 하소서

소녀

서영도 / 2016.02.02.

아래 윗집에 살았다
소녀가 어디서 왔는지 그 동안 어떻게 살았는지는
아무도 말해 주지 않았다
다만 아버지의 손에 이끌려
공사판을 따라 이 마을에 들어왔고
우리 집 위쪽에 조그만 집을 지어 살았다

소녀가
예쁘게 미소를 지을 때마다
반짝이는 덧니가 돋보였고
어릴 적 염병을 앓았는지
이마 위에 생긴 살짝 곰보는
훈장처럼 소녀를 더욱 눈부시게 했다

소년은 한 살이 적었던 소녀를
긴 세월 자신의 가슴에
품을 수 있기를 열망했고
소녀의 덧니와 살짝 곰보를 보는 동안
가슴속에 일어나는 불꽃은
한여름 밤의 축포처럼 밤하늘을 수 놓았다

세월에 강물은

또 여러 번의 급 물살을 흘리고
소녀는 아비를 따라 또 다른 공사판을 찾아
어디론가 떠나갔다
소년과 소녀가 만나던 양지 바른 묘지 터에는
소녀의 빛나던 덧니와 살짝 곰보의
기억만 덩그라니 남겨둔 채

홀로 묘지 앞에 앉아 있는
소년의 동공은
끝없는 허공에 머물러
반짝이던 덧니와 눈부시던 살짝 곰보의
미소를 쫓고 있었다.

어느 덧 소년의
까맣고 탐스럽던 머리도
서리를 맞은 듯 희끗 희끗 탈색되고
별과 같이 깨어나고 별과 같이 잠이 들던
빛 바랜 옛 소년의 동공 속엔
하얗게 빛나던 덧니와 보석 같이 눈부시던
살짝 곰보의 기억들만이
가슴 한 켠에서 반짝 거렸다

씩씩한 나목

서영도 / 2014.10.20. 비오는 새벽에

추秋한 생의 모습이던 나목 사이로
여름내내 가려 주었던 잎새를 대지로 보내고
헐 벗은 모습을 가감없이 드러내니

나목이 겪어온 세월을
한눈에 보는 듯
순전히 혼자 삭힌 사계의 아픔이려니

어스름한 새벽녘이던 하늘이
험상궂게 소릴치더니
기어코 소나길 쏟아내니

우비도 우산도 없는 나목이
고개조차 숙이지 못 한 채
늦 가을의 찬비로 젖고 있겠지

신념

서영도 / 2014.12.28. 아침에 퇴고를

나무들은 계절이 바뀌면 자신이 만들고 자신이 키워오던
잎새들을
피와 살을 나누어 주던 날들을 뒤로 하며 잎새들을
눈물과 한숨을 뿌리 깊숙이 묻고 이별을 고해야 한다

세찬 바람에 죽은 가지를 자르고 분지르며
밤새 잠 못 들고 있을 때
젊은 날의 신념은 세월 따라 하늘로 흩어져 날리고
한 올 한 올 코 빠진 털 스웨터처럼 풀려 나갔다

이젠 모든 것을 포기하고 한끼의 밥을 얻기 위해 동분서주 해야하며
인생 포도청을 달래기 위한 숨가쁜 경주를 해야 한다.
내 조상이 그랬 듯 내 부모가 그랬 듯
그들이 걸었던 길을 더듬어 더듬더듬 찾아가야 한다.
다만 슬픈 것은
진심을 다해 살고 싶었던 나의 삶의 꽃길을
찾아가지 못했다는 것이 아쉬움으로 남을 뿐

어디로 갔을까

서영도 / 2015.04.10.

행주대교 북단에서 뒤 늦은 봄에 눈발을 바라보며

또 한 편의 졸작을 써 봅니다

지난시절 손에 손에 받았던 눈 꽃송이
백합처럼 희고 솜처럼 따듯했는데
지금은 다 녹아 어디로 갔을까
어린 시절 동무들과 함께 맞았던 함박눈은
깃털처럼 부드럽고 솜사탕처럼 달콤해
이리 뛰고 저리 뛰며
강아지처럼 뛰며 맞았었는데
지금 그 눈은 다 녹아 어디로 갔을까

4월 초 행주 대교위를 날리는 눈발
옛 시절 떠올리는 그 눈
강설強雪은 아닐진데
계절이 바닥난 길목의 한 켠
어이 더 풍성한 눈을 기대 하나
세상은 참으로 심란한 심사가 많아
진자리 마른자리 상하 고하가 구별없이 만드는
모두가 고른 세상을 만들어 주는
함박눈이 보구 싶네

어버이

서영도 / 2015.04.18. 토요일 오후

마른 장작과 마주서면
친구 됐다 하구요.
검불이 무게를 재 보구 싶다
저울놀이 하자네요
쟁기질한 밭고랑 같은 주름진 얼굴 속에
세상 고난 모두 모두 숨기시더니
이생을 등짐 지신지
어느 듯
십 수년이 깜빡 흘러갔어요.

어린 날 심어주신
기억의 조각들
아직도 허공에서 맴을 돌건만
백발이 성성해진
나이 임에도
아이처럼
당신을 부른 답니다.
어무니~~~~!
아부지~~~~!

아! 두만강

서영도 / 2015.9.6. 두만강 가에서

두만강아 푸른 물아
천년 사연 물밑에 숨기고
여울목마다 통곡소리 묻어 두고 있었구나

하지만 너는 변함이 없이
어제 오늘 그리고 내일
겨레의 숙명처럼 덧없이 흐르고 있구나

뱃사공도 이미 떠난 허물어진 강둑
황량한 바람만이 가던 길을 멈추고
애달픈 한숨에 잠기어 가누나

하나이면서 둘인 나의 땅아
생각수록 눈밑에 맺히는 이슬
건너 가지도 오지도 못하는
끊어진 길 두만강 뱃길아

얼마나 더 가슴앓이 해야
나의 땅 나의 고향

내 두만강에서
아이처럼 천진하게 첨벙 댈 수 있을까

아!
아직도 마르지 않은 겨래의 눈물이
두만강가에 뚝으로 흘러 넘친다
눈물 젖은 두만강아
이젠 너와 나 태극기 높이 들어
목이 터져라 대한민국 만세를 외치고 싶구나

아! 복수 형

서영도 / 2015.07.25.
외딴 집 몇 집이 살아가던 형의 사망 소식에

하늘이 밤새 울었다
하늘따라 동네 사람도 따라 울었다
한 세월 예빈산을 벗하고
벗들과 이웃에
이야기꾼이던 당신
당신의 따듯한 웃음소리와
양파 같이 까고 또 까도 신선한 유머
한마디 한마디는
차디찬 세상을 살아가는
외딴 집 식구들에겐
작은 위안이었습니다

깡 막걸리에 안주라곤 김치쪼가리 밖에 없을 땐
당신의 양파 유머로 안주를 삼았고
재미지고 웃기는 언어술은
주변이 따듯한 기쁨과 웃음으로 살아 났습니다
生者必滅(생자필멸)
살아있는 모든 것들은 언젠가 한 번은

그 길을 가야 한다는 법칙 앞에
한 번 더 마주앉아 술 한잔 나누지 못함이
못내 아쉬움으로 가슴 아파옵니다

부디 하늘 안에서 부처님의 평안한 안식 안에서
평안히 지내소서
다시 한 번 불러보는 그 이름 복수 형

아버지

서영도 / 2014.6.28. 토. 아침 7:50

깊은 산 불을 질러
산판을 내고 밭을 만들어
겨울 먹거리 옥수수 감자 고구마
어미닭과 병아리의 양식을 찾는 여정
돌이 하도 많아 돌산이던가
아무리 치우고 빼 던져도
나오고 또 나오는
돌밭 뙈기 하늘 산판

허한 몸 바위에 누이시고
잠시 잠든 아버지
돌덩이와 매일 싸우시더니
손톱은 괴롭다 출장 떠나고
손바닥은 자작나무 등걸 동기 동창이 되었네
당신의 주름 따라 영글어 가는 건
감자 고구마 옥수수
알알이 굵어지는데

땀 걸러 여우 먹이자고

피 걸러 토끼 먹이자고
그렇게 피땀 흘려 산판을 내시더니
지금 어디 계신 건가요
별 따라 가신 건가요
달 따라 기우리신 건가요
수 년이 흐른 지금
당신 모습 서쪽새 울음 소리에 겹쳐
홀로 눈물 짓습니다
아부지 나의 아버지시여

안면도 앞바다

서영도 / 2013.07.02.

가평 상천리 역전에 내려 친구와 전통주를 기울이며

옛 기억을 더듬다

감격과 탄성 설렘으로 찾아간 안면도 앞바다
너는 오늘도 새 색시 살 내음같이
구름처럼 보드랍고 바람처럼 풋풋한 향기 머금고
태초의 모습 그대로 그 자릴 지키고 있구나

세상의 어지러움 세속의 흙탕물
마다하지 않고 모두 안고 품으니
너로 인해 정화되고 너로 인해 세상 만물이
살아갈 수 있음을 이제야 겨우 알 수 있구나

오늘
네 속에 감추어둔 수많은 사연
가슴속에 무한을 받아들이고 간직하여
하늘과 바다와 바람 마음껏 호흡하다가
바람 따라 구름 따라 조용히 아주 조용히
있는 듯 없는 듯 떠나가련다

PS : 지난 달 친구들과 함께 찾아간 안면도 바닷가

　　트윈 시야속에 얼굴을 스치는 시원하고 부드러운 바람의 고마움

　　그리고 바다의 끝없는 포옹력 등 모든 것에 감사하며

　　커다란 심호흡과 함께 아쉬운 발길을 돌렸다

어머니 1

서영도 / 2014.04.18.

어머니 이 깊은 강만 건너면.......
어머니 저 높은 산만 넘으면.......
어머니 저 검은 바다만 건너면......
꼭 어머니를 잘 모실께요
이 바람 잦은 세상 저보다 더 굳게 사셨던 어머니지만
주름진 얼굴 활짝 펴시며 대답 하셨죠

그래 아들아 강을 건너자 꾸나
그래 아들아 산을 넘어 가자
그래 아들아 바다인들 두려우랴
우리 아들 가는 길 어디인들 마다하랴
당신이 낳은 미천한 아들 딸들에 행복을 빌며
평생 장독대 정화수와 함께 사신 어머니

한번 만이라도 아니 꿈에서라도
떡 벌어진 칠순 한 상 드리고 싶었는데
걸게 웃으시는 모습 행복해 하는 모습
정말 정말 보고 싶었었는데
왜 그리 서둘러 떠나셨나요

왜 그리 서둘러 가셨는지요
오늘도 그립습니다 당신의 온기가
사랑합니다 사랑합니다 어 머 니

PS : 칠순을 앞 두고 돌아가셔서 칠순을 못차려 드린 후회와 아쉬움이
     사무쳐 가슴을 흐르는 눈물로 썼습니다

어떤 꽃

서영도 / 2014.12.28. 오후에

꽃은
바람으로 태어나고
바람으로 지는가
꽃은
봄바람 먹고 자라나고
사시춘풍으로 잎새를 물들이고
하늬바람 맞으며 물러설 채비를 하며
칼 바람 속에 스러져 간다

화무십일홍(花無十日紅)
어느 꽃인들 영원한 꽃이 어디 있겠냐마는
고운꽃 호박꽃 봉숭아 맨드라미
인꽃도 가지가지 이거늘
가슴에 피어난 그리움의 달맞이 꽃은
영원히 지지 않는 인간 상사화라오

※ 사시춘풍 (四時春風)
　　누구에게나 좋게 대하는 일. 또는 그런 사람을 비유적으로 이르는 말.
　　도처춘풍, 두루춘풍, 사면춘풍

※ 하늬바람

　서쪽에서 부는 바람. 주로 농촌이나 어촌에서 이르는 말이다.갈풍. 서풍.

※ 花無十日紅 (화무십일홍)

　「열흘 붉은 꽃이 없다.」는 뜻.「한 번 성한 것이 얼마 못 가서 반드시 쇠(衰)하여짐.」

　을 이르는 말. 권세(權勢)나 세력(勢力)의 성(盛)함이 오래 가지 않는

※ 상사화 (相思花)

　수선화과의 여러해살이풀. 높이는 50~70cm이며, 잎은 넓은 선 모양이다.

　8월에 자주색 꽃이 산형(繖形) 화서로 피고 비늘줄기는 검은 갈색이다.

　관상용이고 산과 들에 나는데 한국, 일본, 중국 등지에 분포한다.

연기

서영도 / 2015.1.9. 양주 덕도리에서

산마다 희끔희끔
눈 덮인 산고랑 사이로
모락 모락 피어 오르는
두 줄기 그리움
저 하늘이 너무 높다라
혼자 오르기 외로워
마주보며 먼 길 떠난다는
두 줄기 연인
밤새 태운 사랑에 불길
화롯가에 오롯이 남기고
햇살이 더 뜸들기 전
서둘러 서둘러
먼 길을 떠나는
두 줄기 꿈의 여행

두물머리 연꽃 1

서영도 / 2015.07.11.
국문과 2년생 학우들과 두물머리
천사와 마주치다

푹푹 찌는
폭풍 더위 속에서
너는
꼿꼿한 품위와 자세
기상도 드높구나.

종일 찾아오는
천객(天客)을 맞으며
인상 한번 구기지 않는
환한 미소 감동이네

한강 물에 건저 올린
너의 자태 너무 고와
하늘의 천사 하강 한 듯
담아 내기 바쁘구나

예빈산 1

서영도 / 2016.02.28.

예봉산(예빈산)에 불던 바람
지금도 거기 있나
숨이 턱까지 차오르고
도랑처럼 흐르는 땀
식혀주고 닦아주던
막작골 머물렀던 시원한 솔개 바람

숨 고른 아이들 지게에 걸터앉아
작대기 장단으로 한 소리 뽑아 대니
산 골짜기 초목들이
건들건들 흔들흔들
춤을 추기 시작 하네

작대기는 더 신명 나
북이 되고 장구 되어
쿵딱 쿵딱 춤을 추고
지나가던 산새들 날개 접고 소리 듣네.
아리 아리 쓰리 쓰리 아라리요
아리랑 고개로 나를 넘겨 주소

왕 수천 왜가리

서영도 / 2016.03.20.

산길 돌아 오십 여길
한강 만나 백리 길
각기 달려온 길은 달라도
소향所向같아 동행 할 때

왕 수천 고기떼 빈번한 길목
밤새 잠복한 왜가리
다리는 가늘고 목이 길어
한줄기 갈대 같아 외로움이 뚝뚝 절어있네.

날 새운 밥값 하겠노라
긴 부리 화살처럼 시위 늘리고
물속 꽤 뚫어 노려보는 눈길이
얼음장보다 더 냉랭 하건만

빈 부리 배고픈 너의 뱃속이나
빈 백지 한발 나가지 못한 나의 혼백이나
화살 밥 시원치 않음은
거미줄의 이슬 맺힘을
너는 어찌 모르리

※ 소향 所向 : 향하여 가는 곳.

연蓮 꽃 2

서영도 / 2015.07.4.
두 물 머리에서 연꽃을

어느 찜통이 이토록 매서운가?
비수처럼 내려 꽂히는 폭풍 더위 복중이네만
한 치 흐트러진 구석을 찾지 못하고
기품氣稟과 기상氣像
기개氣槪와 기절氣節
진정한 여인네 다운 꽃이여

시종始終 찾는 천객만래天客萬來
다사多事함 속에서
은은한 향香을 겸비한
왕후장상王候將相의 자태姿態로
한 낮 태양을 지키는
여장부女丈夫꽃이여

이세二世의 모든 꽃이 곱다하나
세속世俗의 언어로 표현 할 수 없는
한려閑麗함과 천상의 미美를
가진 그대의 이름은

용궁 천하 연蓮꽃 이어라

※ 기품氣稟 : 타고난 기질과 성품.
※ 기절氣節 : 굽힐 줄 모르는 기개와 절조.
※ 시종始終 : 처음과 끝을 아울러 이르는 말. 처음부터 끝까지.
※ 천객만래天客萬來 : 많은 손님이 번갈아 계속 찾아옴을 이르는 말.
※ 왕후장상王候將相 : 제왕·제후·장수·재상을 아울러 이르는 말.
※ 한려閑麗 : 우아하고 고움.

예빈산 2

서영도 / 2016.01.16.
간만에 예식장에서 만난 고향 사람들을 뵙고나서

오십 여년 떠돌다
고향 산천 찾아드니
하늘도 변함없고 산봉우리 그대로다
예빈산 삼봉과 뾰족 바위 막작 골
지명마다 걸 처 있는 가지가지 이야기들
지금은 어데로 스미어 구름조차 떠났는가
정든 바람 정든 사람 정들었던 초목들은
어제의 바람도 어제의 인적도 어제의 초목도 아니로세.

거나한 탁배기로 온 동네 뒤집던 앞집 할아버지(O일 父)
돌담장 잘 쌓기로 동네마다 불려 다니던 끝집 아버지(O관 父)
타작기계 돌리기로 유명하던 농사 귀신 아버지(O식 父)
장사 치르는 상여 앞엔 언제나
뎅그렁 뎅그렁 선소리 아버지(O도 父)
전설의 아버지들 시끌벅적 하던 동네

시방은 어데서 무엇하고 계시기에
사방이 쥐 죽은 듯 이리도 조용할까

나무 한다며 예빈산 봉우리 올라가서
한 짐 지고 비틀 비틀
넘어질 듯 쓰러질 듯
간신히 간신히 내려오던
예빈산의 하루는
땀과 눈물로 비벼놓은 대학이야기

이제는 예빈산에 바람과 구름이 되신
아버지들
동네에 남은 것은 단지
구전口傳되는 이야기 일뿐
예빈산 오를 때 구성지게 부르던 타령
아리 랑 아리 랑 아~~라~~리~~오~~~~~
아리랑 고개로 나를 넘겨 주~~우~~~소~~~

대학大學이야기 : 소년 시절 이웃 형들과 함께 산을 오르며 예빈산대학 다닌다 고
　　　　이야기 하면서 나무하러 올라 갔던 기억.

옥수 그 애는

서영도 / 2016.03.24.

그 앤 꽃다발을 아름으로 받아 들고
옛날 잔치 집에서 떡 받은 아이처럼
해맑게 웃으며 우리를 기다리고 있었다
한편 조금은 얄밉기도 하련 만
미움 대신 왜
가슴이 이리도 아려올까

동창회라고 나와선
술 한잔도 못 한다며
병아리 오줌 만치나 따른 소주는
뜨듯하게 데워져
식당 바닥 먼지만 쫓아 버렸던 그 애가
오늘은 왠지
큰 잔에 소주를 그득 받아 놓고
여유를 부리며 생글 거리고 있다

희디흰 소매 끝에
하얀 손등을 가진 그 아이
적당히 말라서 옷걸이 그만 하던 그 아이가

자신의 한쪽이 무너져 가던 몸을
리어카 끌 듯 홀로 끌고 왔으면서
뼈 아픈 내색과 표정은 미소속에 감춰두고
그저 말없이 웃고 만 있던 그 아이

이제야 벙어리 냉가슴 홀홀 털어 놓았는지
처음이자 마지막으로
옥수의 그 애의 시원한 목소리가 들렸다.
친구들 많이 좋아하구
사랑 한다 말하고 싶었어
이게 내 마지막 말이야
그럼 잘들 살아........

운동장

서영도 / 2015.12.16.
시장을 돌며 썰렁한 분위기 따라

밤 새워 분탕질한
시장 토깽이들
눈깔이 시뻘개 지도록
도토리 주서 모아
궁굴리고 알 고르고
밤새 내린 이슬에 씻어
오징어 꼴뚜기 도다리 망둥이 갯지렁이
모두 불러 나누어 손을 터니
뒤늦게 도착한
늑대와 여우들 눈 까뒤집을 때
옆에서 삵괭이 한마디 거든다

"야 가락시장이 시장이 아니라 운동장이더냐
와 이리 썰렁하게 벌써 텅 비었나
통 묵을 기 없네 묵을 기----"

이름표

서영도 /
중동에서 돌아와 보니
이미 떠난 동생들 둘을 떠올리며

낙엽이 되어 떠난 이름이여
빛바랜 기억속에 이름이여
입술에 올린 지 오랜 이름이여

장롱깊이 잠자던 이름이여
이런 너의 이름 석자가
세월의 먼지를 털며 웃는다

허허한 세월 덧없이 흐른 지금
너의 이름 가슴에 남아
그리움이라 불러본다

지금은 세월 저 쪽으로
날아 가버린 그대 이름이여
나의 바람 나의 구름 나의 꽃잎이여

운명

서영도 / 2016.03.12.

어느 친구가 돌아가는 길목에서

나는 지금 왜 무엇 때문에
이 위태한 벼랑 끝에서
거스를 수 없는
운명의 장난 속에
신의 장난감이 되어
의식의 세계는 경유도 못한 채
생각의 미아가 되어 있을까

돌이킬 수도 없고 돌아 가잔 말도 못하고
이미 산소 광합성 장치의
잎새는 차츰 시들어 가고
가슴엔 서러움만 차올라
눈물조차 메말라
바작바작 온몸을 태워가는 계절

곁에 있던 친구들 몇은
바스러진 낙엽이 되어
한 웅큼 재로 변해

굴뚝에 머리를 풀고
보이지 않는 또 다른 세계를 향하여
돌아오지 못할 문턱을 넘어 섰다

이것이 이 생에 존재하는 순간
헤어 날 수 없는 우리의 운명이다

이산離散

서영도/2015.11.4.
이천을 다녀오다 오랜 그리움(자식)을 만나다.

하늘을 종이처럼
제 아무리 구긴들
수 즈믄 년 그대로 하늘이고

한강을 흩트리 듯 휘 저어도
강물은 일이 없다는 듯
도도히 흘러 제 길을 간다

도도히 흘러 온 피는
수 억년 떨어져 있다 해도
서로 알아보고 느낀다는데

나의 살이여 나의 피여
우린 이제 언제 어디서 무엇이 되어
이산의 가슴을 꿰어 이을 수 있을까

오늘도 새벽을 열고 문밖을 나서니
강산 자락 떠돌던 바람들이
시퍼런 송곳이 되어 내게 달려든다

사랑스런 내 아이들 본지도 오래 됐는데.........

이산離散 : 헤어져 흩어짐.

이슬비의 꿈

서영도

수일 수년 세월 따라 흘러
바다의 품에서
만남을 기약하는 기나긴 여행
더 많은 존재들을
필요로 하는 시냇물 장터에서
존재들을 품어 내는 법을
모질게 터득 하더니
몸집을 키워 너른 강이 되어
더 많은 것을 담는다
그러나
꿈에서 잊지 않던 자기 완성의 터
바다로의 귀향은
언젠가 만났던 마른 잎새에 구르던
시골 정류장의 이슬비였더니
마침내 모든 것을 품어 내는
더불어 생물이 존재하는 오대양이 되었구나
세월이 다시 서너 마당 더 흐른 뒤
또 다른 한 줄기 비가 되기 위한
바다의 울렁임은
다시 떠날 준비를 하는
행자의 설레임이리라

5부 파도

정동진의 애수

서영도 / 2015.01.01. 종착역에서 2015.07.20.

일삽시一霎時 애절한 만남의 장면을 떠올린다
여전히 푸르고 깊은 애수哀愁
다시 보아도 너의 미모美貌 여전하구나
사랑하기 때문에 그 오랜 세월 묵묵히 기다려 온 너
두근거리는 가슴으로 넌 새벽 기차의 기적소릴 기다린다

까만 눈에 하얀 강아지처럼
깡충거리며 기뻐 어쩔 줄 몰라 끝내 철썩 주저 앉던 너
다가선 날 마주하자 쑥스러워 한 걸음 물러나고
네가 한 걸음 닥아 올 땐 내가 한 걸음 물러나
남들처럼 따스한 포옹 뜨겁게 한번 나누지 못한 채
말 없이 서로 바라 만 볼 뿐 그리움만 가슴에 간직했다

별들에 사랑 하룻밤 물살로 부서지고
기약 없는 이별 애절하게 마주 설 때
처절하게 부서지는 애달픈 파도소리
기적이 울 때 마다 몸부림치는 너
파도야 어쩌란 말이냐 기차는 떠나야 되고
너는 또 긴 기다림이 시작 된다

수 많은 밤 외롭게 벽돌 쌓듯 채워야 할 그리움
님 떠난 철길 위로 정동진 파도가 거세게 몸부림친다.

※ 一霎時 (일삽시) : 몹시 짧은 시간時間.
※ 미모美貌 : 아름다운 얼굴 모습. 미색. 미안.
※ 애수哀愁 : 마음을 서글프게 하는 슬픈 시름.

해어화解語花

서영도 / 2015.04.11. 오후에

세월을 수 백년 말아 먹은
해어화解語花 도
연륜 앞에서는 퇴색되고 향기는 세어지더라

새로 핀 꽃에 대한 질시嫉視 때문일까
세찬 비바람에 떨어져 갈 운명 때문일까
좀 더 누리고 싶었던 욕심의 덧 없음 때문일까

그 생生의 영화의 꿈 뿌리치지 못한다 지만
결국 해어화도 꽃으로 태어났기에 꽃으로 지는 것
세월의 운명 앞에선 어느 꽃도 영원하진 못하더라

※ 해어화解語花 : 말을 알아 듣는 꽃이라는 뜻으로 미인을 이르는 말.
　　　　중국 당나라 때 현종이 양귀비를 일컬어 말하였다 함.

장바닥

서영도 / 2015.11.18.
새벽 가락시장 바닥을 경험하다

하느님 늦잠 깨시어
꾸무럭 꾸무럭
요강단지 찾으시고

새벽길 어여 떠나자는
나의 적토마는
앞발을 뒤채며
아웅 아웅
어린아이처럼 칭얼댄다.

생존경쟁에 길들여진
장바닥의
백마 흑마 노새 청노루
도야지 토깽이들이

하느님 요강단지 찾아 쉬하기 전
길 떠나야 된다며
허둥 지둥 대는 가락시장 장바닥
새벽 다섯 시

인연 과 그리움

서영도 / 2014.9.20. 12:30

달빛은
유리알 같은 강물에 떨어져
보석으로 부서지고
내 마음은
새벽 물안개로 승화 되어
별빛 쫓아 하늘로 날아 오르네

오늘 너는 달빛 보석이고
내일 나는 슬픈 별 바라기
이생의 무슨 수연진여隨緣眞如
운명의 꽃 어찌 피울 텐가

인연을 연연했던 너와 나
남으로 살아야하는
쓸쓸한 운명 앞에
소리 없는 통곡
가슴 깊이 구겨 넣고

서리서리 깊은 가을

기러기 떼 들기 전

가슴에 묻어 두었던

그리움 한줄 써

돌아가는 제비 편에

띄워 볼까 하노라

※ 隨緣眞如(수연진여) : 만물萬物의 본체本體는 인연因緣을 따라 서로 다른 相(상)을
나타내는 일.

인연이란 선물

서영도 / 2015.12.19.
새벽에 잠이 깨어 빛 고운 인연들을 생각합니다

어쩌다
이생에 승연 있어
삼천갑자三千甲子 연을 맺고
그 인연 연꽃처럼 고와
가슴깊이 갈무리 합니다

어쩌다
이생 승연 있어
같은 곳 바라보며
그 모습 서로 닮아
파도처럼 이는 그리운 마음

어쩌다
이생 승연 있어
인생 고갯마루 서서
날리는 낙엽 한 장 주워
가슴에 안고

어쩌다
이생 승연 있어
먼 길 떠난 대도
한 장 곱게 재어
가져 가려 합니다.

※ 勝因緣 (승인연) : 훌륭한 좋은 인연因緣.

잔나비 소탕 작전 2

서영도 / 2016.12.20. 02:58

근자에
인간의 탈을 쓴 잔나비들이
인간의 행동을 흉내 내며
막가파 식으로 먹이를 향한 욕심을 발동해
입이 터져라 먹이를 꾸겨 넣고도
성이 안 차는지 비닐에 싸서 쌈 싸 먹 듯 삼키기도 하고
비닐에 싼 먹거리를 밭 가운데 몰래 묻기도 하지만
아무리 잘 숨긴다 해도
백일하白日下에 들통 나 이야기 거리가 되더라

허나 이번 사태에 즈음해
민간 최고 기관 포도청은 백성들의 곳간 훼손이 심하므로
욕심 부리다 들통 난 원숭이들을 모두 잡아들여
자 잘못을 묻고 따지어 죄과를 부과하려 하였으나
인간이 다 되어가는 잔나비들 인지라
보통 인간들 보다 더 잔꾀가 많아
죄를 부정하며 미꾸라지처럼 빠져 나가려 하니
진짜 이 나라의 주인이며 찐짜 이 나라의 주권자인
백성 무리가 거리로 쏟아져 나와
"원숭이를 잡아라. 잡아 격리하라. 의자를 빼앗아 박탈하라."
라고 촛불을 높이드니

뜨거운 촛농이 눈물이 되어 뚝뚝 흘러 넘치드라
이제 동방에 하늘의 뜻을 거스리지 않는 무리들이
이후 원숭이가 사람 흉내를 절대 내지 못하도록 일벌백계 하여
대한민국이 동방의 등불이 되어 온 누리를 비추게 하라
외치더라

인도의 시성 〈타고르〉도 외쳤다.
제목 : 동방의 등촉
일찍이 아세아의 황금시기에
빛나던 등촉의 하나인 조선
그 등불 한 번 다시 켜지는 날에
너는 동방의 밝은 빛이 되리라
"In the golden age of Asia
Korea was one of its lamp-bearers
And that lamp is waiting
to be lighted once again
For the illumination in the East."
(6행의 짧은 글이 못내 아쉬워 타고르는 다음 줄을 이어 붙여 주었다.)
마음엔 두려움이 없고
머리는 높이 쳐들린 곳

지식은 자유스럽고
좁다란 담 벽으로 세계가 조각조각 갈라지지 않는 곳
진실의 깊은 속에서 말씀이 솟아나는 곳
끊임없는 노력이 완성을 향해 팔을 벌리는 곳
지성의 맑은 흐름이
굳어진 습관의 모래벌판에 길 잃지 않는 곳
무한히 펴져나가는 생각과 행동으로 우리들의 마음이 인도되는 곳
그러한 자유의 천국으로
나의 조국이 눈뜨게 하소서, 나의 님 이시어.

타고르 시성이 죽기 전 남긴 시
저 평화로운 바다에
위대한 조타수가 배를 띄우네.
그대 영원한 반려자여
죽음의 사슬이 사라지고
광대한 우주의 품에 그대 안기리.
두려움 모르는 그대 가슴 속에서
위대한 미지를 감지하리.

장자 못

서영도 / 2015.11.02.

밤 11시 모두들 장자 못으로 뛰어 드는
시간 그 속에서 유독 반짝이는 별을 보다.

종일
따갑게 쏟아지던
태양의 시선도

바람 따라 춤을 추던
뭉게구름 춤사위도

초저녁 일찍 찾아와
이내 기울어져가는
달님의 따듯한 유혹도

차마아
차마아
떨치지 못해 담아내어 보듬고 있지만

어둠이 이미 깊어진 가을 녘
커다란 눈망울을 반짝이는
시린 가슴에 심었던 그리움의 증표
샛별과 사랑에 빠진 별 바라기 장자 못

잡초로 살으리

서영도 / 2015.1.18. 아침에

새벽안개 가득한데 떠들썩한 까마귀 떼
안개 속에 하얗게 몰려 가고 있네
저마다 똥구멍에 바쁜 연기 뿜어내며
어디론가 달려가고
갈길 늦은 철새 무리들이 들판에 부리 묻고
조반 찾기 바쁘구나

철새가 여행 길 떠나면
강도 건너고 산도 넘나니
인간의 삶 또한
터널도 지나고 다리도 건너야 하는 것은 마찬가지
철새나 인간이나
삶이 고되기는 마찬 가지리

잡초도 이웃을 만나
자신이 잡초 인 것을 안다지만
우리네 인생도 친구 좋고 이웃이 좋아야
즐건 인생 된다는데

길에 나서면 때깔 다른 자동차로
담배 재 창밖으로 털며 뻐기는 인생들
영욕榮辱의 도토리 키 재기도 진 저리 나는 구료
차라리 인계忍界의 영욕 없는
들판에 잡초로 살으리 잡초로 남으리

※ 영욕榮辱 : 영예와 치욕을 아울러 이르는 말.
※ 인계忍界 : 중생이 겪는 여러 가지 번뇌를 참고 견디어야 하는 세계라는 뜻

장막

서영도 / 2017.04.12. 19:50

그 밤
하늘이 탈색되어 노랗던 밤
촛불의 절규는
까만 밤의 장막을 찢고
졸음에 겨워
저 끝없는 우주속에서
잠을 청하시던
하느님을 깨웠다

그 밤
세상을 하얀 보자기로
뒤 덮은 밤
검은 거짓말들을
수면위로 띄우기 위해
눈물의 기도로
촛불은 수많은 밤을
밤새처럼 울어야 했다

그 밤

퇴주잔에 쏟아 부은
소주가 도랑물처럼 넘치던 밤
눈물과 합류되어 강이 되어
바다로 흘러들고 있었다.

그 밤
소주냄새와 순수의 강 냄새가
범벅 되어 진 밤
진 과 정의 순 곡주는
저 윗 동네의 밤 하늘을 갈기갈기 찢어 댔다
얼마나 더 울어야 이 밤의 장막이 걷일까

조심하라

서영도 / 2015.05.14.

생각을 조심하라
왜냐하면 그것이
말이 되기 때문이다

말을 조심하라
왜냐하면 그것이
행동이 되기 때문이다

행동을 조심하라
왜냐하면 그것이
습관이 되기 때문이다

습관을 조심하라
왜냐하면 그것이
인격이 되기 때문이다

인격을 조심하라
왜냐하면 그것이
인생이 되기 때문이다.

종을 울리고 싶다

서영도 / 2015.03.28. 20:20

종을 울리고 싶다
세상 사람들이 듣고
상처를 치유 할 수 있는
세상 사람들이 듣고
가슴을 위로 받을 수 있는
은은한 종소리로 퍼져 나가고 싶다

푸른 물결 출렁이는 논에서
어쩌다 벼포기 옆에 빌 붙어 살다가
농부의 손에 무단히 뽑혀버리는 바랭이 잡초처럼
서럽고 시린 세상의 모든 잡초를 어루어 주는
온기 어린 종소릴 울리고 싶다

꽃들이 시새움으로 울고 가는
바람 잦은 들녘에
겨울잠이 깨어나는 산천에
별들이 총총한 은하수 건너까지
나의 애닮픈 종소릴 울리고 싶다

※ 바랭이 : 벼포기와 비슷한 모양. 볏과의 한해살이 풀.

정동진

서영도/ 2015.08.06.

밤 기차는 시간을 쫓아 떠나 보내고
백사장에 던져 진 넌
거부할 수 없는 공간 속
기다림의 망부석이 된다

어제도 오늘도 내일도
똑 같은 해 이건만
무엇을 얻고자
머나먼 길 찬이슬 속에서
이리도 애를 태우는가

별이나 헤자
외로운 벽돌 쌓듯
별 하나 별 둘 별 셋 쌓다 보면
공허한 가슴의 빈터에
붉은 해가 떠 오리니

허전함의 조각들
파도속에 던지고

나불대는 불나비는
꺼져가는 가로등 몫으로 두자

텅 빈 철길조차 길을 따라 떠나고
정동진의 새벽 바다가
거세게 몸부림친다.
붉은 여의주를 토하기 위해
용트림을 튼다

정지 (stop)

서영도 / 2014.12.28. 아침에 퇴고를 하다.

수많은 꿈들이 꿈속에서 꿈이 됐다
비오는 밤에 명멸하며 닥아 왔다 사라져가는 가로등처럼
꿈들도 철새처럼 사라져 날아갔다
그래 여기 까지다
더 이상의 꿈에 빠진다는 것은
시퍼런 칼로 나를 베어내고
돌로 계란을 치는 것이나 다름없다
이 이상의 시도는 내 인생의 부화다
더 이상의 부화 상태에 놓이기 싫다

유유 자적하고 싶다
높지도 않고 깊지도 않은
내마음의 작은 꿈의
동산 하나 갖고 싶었으나 뜻을 이루지 못했다
나의 꿈의 측정치에서 거리가 멀었다
그래서 나는 내 인생의 정지 신호를 보낸다.
슬픔이 진공속으로 나를 밀어 버리고
보이지 않는 나의 내면에 소용돌이 파문이 인다

그러나 그래도 그리고 접어야 한다.
내 인생 또한 편한 세상에 자리 해 보아야 할
권리도 있을 것이다
돗자리 접듯 접어 편한 자리에 올려 놓아야
그 인생이 편할 것이다
펼치고 싶은 꿈은 더는 아니라고
깊은 숨을 고르며
이젠 고이 접어야 한다
이젠 고이 접으려 한다

지 조 志操

잡념의 세계를 까맣게 태운다
그을린 가슴을 하얗게 표백하기 위해
때로는 자신을 검투장으로
내모는 차가운 결정
무절재를 절재로 몰아
가두는 자신의 교화
고단함을 애연愛緣하며 살고자하는
자기 가혹이다

※ 지조志操 : 원칙과 신념을 굽히지 아니하고 끝까지 지켜 나가는
   꿋꿋한 의지. 또는 그런 기개.
※ 애연愛緣) : 은애恩愛로 맺은 인연.

지지 않는 꽃이 있을까

서영도 / 2017.06.06. 오전

봄바람 머금은 꽃나무들
물은 같은 물을 퍼 올렸건만
꽃마다 꽃잎마다 가지각색 천차만별

인간도 지방마다 대륙마다
물색이 다른 것처럼
형형 색색 모두가 다르게 피어나
순간을 살다 순간으로 스러져 간다

슬프다 서럽다 내색도 못한 채
어지러운 세상
금수저 은수저가
산에도 피어나고 들에도 피어나고

돌 틈 사이 흙수저도 피어나
저마다 희노애락 고달픈 생의
애를 쓰다
종내 갈곳은 한 곳
그곳을 향해 스르륵 스르륵 떨어져 간다

친구 2

서영도 / 2017.02.15. 낮
세상을 등진 상만과 울릉도 여행을 떠올리며

떠돌던 흰 구름이 시커먼 서글픔 품으니
진눈깨비가 되고 소낙비가 될 때
검은 흙속에 애송이 벌래
살아남기 위한 몸부림의 사투끝에
한 마리 흰 나비로 탈바꿈 한다

어쩌다 이 험한 세상의
하룻밤 같은 꿈을 위해
그토록 몸부림 쳤는지
어쩌다 이리 짧은 생을 살려
그토록 수 많은 경쟁을 뚫고
달려 왔는지

그래도 피의 원산지 밑에 있을 땐
우산도 있고 따듯한 고구마도 있었다
하지만 우산이 걷히고
따숩던 지붕 밑을 떠났을 땐
비바람 눈보라가 어찌 그리 짜고 매운지

바람이 한가롭던 날
우린 울릉도 돌고래를 찾으며
탁배기로 서름을 달래기도 했었지
지금 네가 떠난 이 길목
함께했던 울릉도의 파도와
탁배기의 그윽한 향이 가슴을 때리누나

진주 목걸이

서영도

오랑캐를 막기 위해 살을 에이고
왜 놈들에 나라 빼앗길까
피를 목으로 거르던
선열의 뜨거운 눈물이
백두산 깊은 천지로 고여
민족의 정기 되어 절절이 흐르고 있건만

조선의 옛 시인이 통곡하며 노래하기를
어울리지 않는 기모노를 입고
서툰 일본어를 지껄이는 내가
참을 수 없이 외롭고 슬프다, 했거늘

작금에도 버젓이
기모노 차려입고 나막신 또가닥 또가닥
채플린 엉덩이를 흉내 내며
돼지 목에 진주 목걸이 으시대는
강남 강북 부산 전국 그런 족속은 있다

그런 자의 심중에 나라의 안위는 물 건너 갔고

그런 자의 충忠은 개 풀 뜯어 먹는 충忠이리
저기 시방
일제 외제 차 타고 가는
산도야지 목에 진주 목걸이 보인다.

충忠 : 임금이나 국가 따위에 충직함. 충성, 충직

짱돌

서영도 / 2017.04.12. 05:30

옛날이야기 속에 우리를 동양의 가장 밝게 빛나는
동방의 등불이라 했는데
유구한 역사 속에 끈끈한 민족이라 자랑스러웠는데
슬기와 총명이 뛰어나고 빠르기가 꿩의 병아리 같았다는데

어디서부터 잘못 되었나 언제부터 잘못 되었는지
어리석기는 또한 한이 없는 민족이라
하물며 시샘하는 왜인이 말하기를
저 모래 같은 백성
손에 쥐면 손가락 사이로 다 빠져 나가
잡히는게 없는 그런 민족이라며
천대를 받았고 착취도 당했었건만

아직도 그 어리석음 못 버리고
우쭐하고 뻐기고 자만하고
외제라면 사족 못 쓰고 덤벼들며
힘없고 권력 없고 돈없는 사람이면 멸시 하려드는
그런 민족성이 우리라 하네.

아 이 어리석음 언제쯤 때 밀어 버리 듯 밀어 버릴까
아 언제쯤 정신적 줏대를 깎아 깃대로 세울까
이대론 안 될 민족인가
이대로 무너질 백성인가
세모래에 시멘트와 물만 제대로 석으면 돌덩이보다 더 단단해 지거늘
제대로 석으면 짱돌보다 더 단단한 민족성이거늘

줏대 (主대) : 사물의 가장 중요한 부분.
          자기의 처지나 생각을 꿋꿋이 지키고 내세우는 기질이나 기품.
세모래 (細--) : 잘고 고운 모래.

참 나리

서영도 / 2015.07.21.
스터디 시제詩題에 올인 해 보다.

세상 등지고 살려
심산유곡深山幽谷)암벽에 뿌리 붙이고
행여 나비 상견相見 두려워
겨우내 눈 밑에 숨을 죽였습니다.
제비 날자 온 누리 명지明紬바람
생명에 기운 불어 넣을 때
두근대는 가슴 진정시키며
조용한 자(籽 : 씨앗 자)로 영원히 남고 싶었습니다.

하지만 생자生者 막론莫論
필멸必滅이라
거역할 수 없는
숙명宿命 앞에서
휜풍喧風이 계곡 사이를
헤집어 감싸 올 땐
주체할 수 없는
마법의 힘에 이끌려
살고자 하는 욕망의 불길이

땅속 깊은 곳까지 덥혀져
세상 밖으로 용암 솟구치듯
터지고 말았습니다.

심산 유곡 돌틈과 틈새에서
힘겹게 자리잡은 성장통의 작은 참나리
어쩌다 세상 인연 어렵사리 맺다 보니
비바람 눈보라속에 얼크러져 억지춘향 버티고 있네요

명지바람 : 보드랍고 화창한 바람.
훤풍暄風 : 따뜻한 바람.

초막草幕

서영도 / 2015.07.16.
해륜거사와 함께 한 나들이 길,
새벽에 홀로 깨어 생각에 잠김.

바람도 지나다 멈춰
묵어가는 준령
서쪽 새 마저 떠난
인적 끊긴 초막

홀로 베개 고이려니
눈 밑을 스치는
가슴 깊이 묻었던
상처 난 조각들

처마 끝 풍경소리
계곡 멀리 스미어 갈 때
산 고을 작은 오두막
행여 님 찾아 올까봐

칼날같은 오감이
벌떡 벌떡 일어나

문밖을 나가
서성거리며

바람과 함께 떠났던
님을 기다리네.

※ 초막草幕 : 풀이나 짚으로 지붕을 이어 조그마하게 지은 막집.

추억은 콩나물을 타고 온다.

서영도 / 2016.03.16.

미 솔솔 미래도 레미솔미도
우리들 마음에 빛이 있다면
정다운 운동장 어설픈 교실
작아진 책 걸상
노래를 가르치는
선생님의 열띤 목소리
울적하게 가라앉은 나의 가슴은 목이 메었다.

미 솔솔 미래도 레미레 도도
여름 엔 여름엔 파랄 거예요
산도들도 나무도.......
나의 추억은 어디 있었나
답답기도 하고
창피하기도 했던 기억
어디 있다가 다시 돌아왔나

눈 뜨면 사라지는 모든 환영
정다운 모습 보고픈 얼굴
모두다 어디 가고

나만 홀로 덩그러니
도시의 한 복판에 서 있는 것일까
싸늘하게 식은 가슴엔
지난 가을 떨어진
낙엽 한 장 발밑을 스치며
바스락 거리네

토굴

서영도 / 2016.03.27.

홀로 비비대는
다람쥐의 토굴 속엔
밤새 검은 눈이 내려
캄캄한 설경의 적막 강산이 되어 버렸다

걸어온 세월의 무수한 발자국 조차
모두 지워진 산속엔
냉장고는 필요치 않았다.

좁고 차가운 굴속을 헤메일 때마다
살결 보호막으로 붙어있던
비늘이
조각조각
바람도 없는 세월 속으로
떨어져 갔다

떨어져가는 조각을 잡아
눈물로 찍어 붙이지만
세월은 예전과는 달리
더 차가워
도저히 눈물로는 붙일 수가 없었다.

파도

서영도 / 2014.08.30.

왈칵 왈칵 가슴속에
파도가 부서지며
못다 이룬 격정이 포말로 다가 온다

이루고 싶었던 소망의 상흔들
파도를 지키던
아린 가슴에 별빛처럼 스민다

언제쯤 제자리를 찾아 설수 있을까
가슴속에 잡초는 무성히 자라건만

무지개를 물 대신 먹는
무명초가 별을 담으러
바다속으로 빠져든다

패배한 전사들을 위한 기도

서영도 / 2014.12.28.

이슥한 밤 10시경에 오래된 메모지를 들추다

빛이 없는 칠흑의 캄캄함 속에서도
기도의 바다는 파도처럼 넘실댔다
기도는 촛농이 되어
쉴 새 없이 흘러 내렸으며
소나기 골 세례를 염원하던
눈물이 마를 즈음
전사들을 위한 기도가 필요했다
세상에 시간을
금으로 쪼개려던 무리들도
밤새 백인 엉덩이를 추스르던
붉은 악마들도
이제 또 다른 슬픈 새벽을 맞아야 했다

　2014년은 1990년대에 접어든 이후 1997년, 2016년, 2020년, 2022년
과 더불어 유난히 사건사고가 많은 해였다. 이 해 한국에서는 유독 안
전불감증이 원인이 된 여러 사건 사고가 빈발했다. 그래서인지 2010년
대 들어 가장 힘든 해로 기억되며 1950년 이후의 해 중에서는 1997년
다음으로 힘들었던 해로 기억되어 있다. 연초에 경주 마우나리조트 붕

괴사고부터 시작하여 두 달 후인 4월, 세월호 참사, 그 후 수원 토막 시체 유기 사건, 파주 전기톱 토막살인 사건, 제28보병사단 폭행사망 사건, 양양 일가족 방화 살인 사건 등 강력 범죄가 일어났으며, 신은미 토크 콘서트 테러사건, 통합진보당 위헌정당해산 사건 등 정치적으로도 갈등이 많았고, 일부 진보 입장에선 '유신시대 부활 기도'라고 개탄했다. 특히 세월호 참사는 약 5,100만 대한민국 온 국민들이 참사의 과정을 처음부터 끝까지 생중계로 지켜 봐왔으며 이 사건 이후 안전의 중요성이 확실시 되면서 온 국민들이 안전에 대해서 다시 한 번 경각심을 가지게 되었음과 동시에 박근혜 정부의 위기대처 무능을 만천하에 드러냈다. 결국 2017년 박근혜 정부는 파면되었으며, 21세기에 다시 한 번 대한민국에서 이런 후진국 참사가 발생할 시 대통령과 정권이 흔들릴 수 있음을 증명하였다.

하늘아

서영도 / 2015.07.20.

산처럼 우뚝하던 부끄러움
닳아 없어지고
광난의 구둣발로 뭉개 버린
4.19여
5.18 항쟁이여

광기에 파리 조차 앉기 꺼리는
외제 승용차와 외제 의식주
달러 냄새 풀풀 나는 타이어로
뭉개고 지나는 민족 혼이여

하늘아
너는 매번 매일 내려다 보건만
가끔 한번씩
통곡으로 눈물을 뿌릴 뿐
어제도 오늘도 말 없는 침묵만 지키고 있구나

언제나 진리는 거짓을 이긴다지만
악이 득세하지만 결국에 가선 선이 이긴다 지만
그에 따른 희생의 흘리는 붉은 피가
소나기처럼 대한의 산천을 적시고 있구나

하늘에 편지를 쓰다

서영도 / 2015.08.30. 아침에 쓰다.

야
UFO 다
아니야 저건 드론이야
요즘 유행하는

야
별이 떨어진다.
아니야 저건 유성이야
떠돌이 별

야
하늘에 그림이다
아니야 저건 구름이야
그림 동화책이네

야
하늘에 편지를 쓰자
그럼 누구든지 볼 수 있게
답답한 마음
동안 말하지 못했던 이야기
모두 하늘에 적어 보자
저 시퍼런 하늘 끝 우주인도 볼 수 있게

꿀벌과 이름 없는 꽃

서영도

한 마리 벌이 꿀을 따려고
수 천리 날아갔다

꿀은 없었고 꽃도 없는 들판에
지친 벌이 쉬고 있었다
누워 하늘을 보니 높고 깊은데
꽃을 찾지 못하는 벌은
힘들고 슬프고 외로워 울고 싶었다

벌이 다시 꿀을 찾아 떠나려 할 때
어디선가 꽃의 목소리가 들렸다

꿀을 구하는 벌이 아니시냐고
벌이 날아오르다 돌아보니
누워 쉬던 곁에
이름 모를 꽃 한송이 피어 있었다

벌은 날아가 앉아 빈배를 채우고
찬찬히 돌아보니
심산유곡 홀로 피어 난 이름 모를 꽃이었다

한 잔

서영도 / 2015.07.24. 저녁

한 잔 해라
소낙비 내리고 비바람 몹시 거세다
오늘도 하루 수고 많았다
한 잔 해라

썩은 고기 같은 인간들이
득시글한 세상
잘도 참아 왔구나.
술잔속에 눈물이 반이다
한 잔 해라

울분이 목젖을 넘나드는
쓰디쓴 세상
한 잔 술
목구멍 깊숙이 털어 넣고
잊어 버려라

한잔 또 한잔 비우다 보면
세상과 같이 흔들리지 않겠니

사진이 보내온 사연

서영도 / 2014.09.14.
막내의 아팠던 모습을 떠올렸다.

구겨진 사진 속에 드러나 보이는 세월
추억을 닦으며 자세히 들여다 보니
밤톨 같이 애틋하고 아픈 사연
한 장의 사진속에 많은 이야기 있었네

푸른 눈망울 옹달샘처럼 맑을 때
가슴이 하늘처럼 깊고 푸를 때
무지개 찾아 여행을 떠날 때도
새털처럼 가벼웠던 그날의 생각들

이르게 핀 코스모스 보다
더 여린 그대가 생각 날 때면
시름의 아픔 모두 털고
힘차게 일어서 모두에게 기쁨 주기를
하느님 그 위에 계시다면 돌아봐 주시기를

욕심의 굴래 훌훌 벗어 던진
하얀 백지 같은 모습으로
제비꽃 물 한모금의 갈증처럼
한빛으로 보듬어 주기를
간절한 기도 한줄 쓰고 싶었네.
너의 아픔이 너로부터 모두 떠나기를 간절히 기도했네

호명 산의 어떤 하루

서영도 / 2015.07.04.

호명 갤러리 방문 후 7.15.저녁 7시

우정의 깃발 들고 설렘 반 기대 반
호명 산 호수를 찾아가니
하늘이 닿은 곳에 함박구름 머무르고
호명 호 맑은 물 인적은 호젓하다

낭랑琅琅하게 읊조리는
무명시인의 시어詩語들
산새도 읍하며 밤 바람도 머물렀다
산 과일이 꽃과 술로 부활하니
한 송이 한 잔에 권주가 부르네

권장 신명난 기타가락 춤을 추니
답가를 詩와 歌로 화답한다
시詩가 가면 술酒이 오고 술酒이 오면 가歌가 가는
우정의 호롱 심지 밤 늦도록 돋우웠네.

279

가을 비

서영도 / 2014.09.29.

찾는 이 없는
호젓한 숲속에
가을비가 홀로 울고 있다

공원묘지 새로 생긴
어느 여인의 봉분 앞에서
가을비는 혼자 울고

집도 절도 없이 떠도는
나그네의 무거운 발걸음 밑에서
서러운 몸짓으로 가을 비가 운다

아 - 서러운 가슴
슬프고 아린 연가로
알알이 자신을 부수면서
부슬 부슬 가을비가 홀로 울고 있구나

화롯불 사랑

서영도 / 2015.08.22. 11:40, 2017.01.30. 05:03 퇴고

사 그러져 가는 화롯불
다독이며
다정했던 날들의 기억 속으로 빠져듭니다.

화 젓가락은 달아 오를수록
가슴은 더 아리고
애증의 수렁은
가늠치 못할 만큼 깊어지기만 합니다.

어느 날은
안타까워 가슴에 불을 지르고
어느 날은
영원 하고픈 심금에
안달하는 나를 봅니다.

흐르는 세월 사이
추억의 희뿌연
뼈골 같은 재 가루만 수북이 남겨 놓고
나는 홀로
녹 슬은 화 젖 가락처럼
망연히 서있을 뿐입니다

화롯불 3

서영도 / 2015.08.22. 11:40. 2017.01.30. 퇴고

밤새
꺼져가는 화롯불
다독이며
님 계시는 그곳
당신의 꿈을 꿉니다.

님이라 가슴에 품으면
아프고 아려
태산이 무너진 듯
애증의 수렁으로 빠져 듭니다.

어느 날은 나보다
님을 슬프게 해
안타까운 가슴에 불을 지르고
어느 날은 나보다
님을 닮고 싶어
안달하는 나를 봅니다.

하지만

화롯불은 이내 삭어
수북이 재만 남겨 놓고
임 찾아
밤새 숲길 헤매 던
화(火) 젖 가락만
화로 속에 덩그러니
서있을 뿐입니다.

6부 멋진 인생

황조가黃鳥歌

유리왕 / 서영도 옮김

翩翩黃鳥　편편황조

雌雄相依　자웅상의

念我之獨　념아지독

誰其與歸　수귀여귀

펄펄나는 저 꾀꼬리

암 수 서로 정답구나

외로워라 이내 몸은

뉘와 함께 돌아갈고

가을을 태우는 소리

서영도 / 2018.10.13. 14:10

간만 여분의 틈이 생겨
잠실역 지하 벤치
헐겁게 풀어진 몸을
빨래 걸치 듯 널부러 졌다

오고 가는 사람들 발자국과 이야기소리
새겨지고 지워지고 또 새겨진
세월의 땟자국이
여기 저기 껌딱지처럼 붙어 있었다

떠들고 낄낄대고
찍쩍 거리는 사연들
저마다 만들어 가는
고달프고 슬픈 인생 이야기

수렁같이 흥건 한 그 곳에
홀로 던져진 쓸쓸함과
적막하도록 찐한 고요 속에
색 바랜 고독이
가을 산 같은 가슴이 활활 타오르고 있다

허난설헌(허초희許楚姬)의 시

감우感遇 - 허난설헌

(盈盈窓下蘭 枝葉何芬芳) / 영영창하란 지엽하분분
(西風一被拂 零落悲秋霜) / 서풍일피불 영락비추상
(秀色縱凋悴 清香終不死) / 수색종조췌 청향종불사
(感物傷我心 涕淚沾衣袂) / 감물상아심 체루점의메

하늘거리는 창가의 난초 가지와 잎 그리도 향그럽더니,
가을바람 잎 새에 한번 스치고 가자 슬프게도 찬 서리에 다 시들었네.
빼어난 그 모습은 이울어져도 맑은 향기만은 끝내 죽지 않아,
그 모습 보면서 내 마음이 아파져 눈물이 흘러 옷소매를 적시네.

곡자哭子 - 허난설헌

去年喪愛女(거년상애녀) 今年喪愛子(금년상애자)
哀哀廣陵土(애애광릉토) 雙墳相對起(쌍분상대기)
蕭蕭白楊風(소소백양풍) 鬼火明松楸(귀화명송추)
紙錢招汝魂(지전소여혼) 玄酒奠汝丘(현주전여구)
應知第兄魂(응지제형혼) 夜夜相追遊(야야상추유)

縱有服中孩(종유복중해) 安可冀長成(안가기장성)
浪吟黃臺詞(랑음황대사) 血泣悲呑聲(혈읍비탄성)

지난해는 사랑하는 딸을 잃었는데 올해는 사랑하는 아들을 앞세웠구나
슬프디 슬픈 광릉 땅이여! 두 무덤이 마주보고 솟아 있도다
백양나무엔 소슬한 바람이 부는데 도깨비불이 소나무와 가래나무 사이에 밝았구나
지전紙錢을 사르며 너희 혼을 부르고 한 잔 술을 너희 무덤 앞에 놓는다
너희 넋은 응당 오누이임을 알 테니 밤마다 서로 좇으며 어울려 놀겠지
뱃속에 아기가 있다 하나 어찌 장성하기를 바랄 수 있으리오?
황대사를 읊조리고 피눈물 흘리고 울음 삼키며 슬퍼한다

꿈에서 광상산 [夢游廣桑山/몽유광상산] - 허난설헌

碧海浸瑤海(벽해 침 요해) / 푸른 바닷물이 구슬 바다에 스며들고
靑鸞倚彩鸞(청란 의 채란) / 푸른 난새는 채색 난새에게 기대었구나.
芙蓉三九朶(부용 삼구 타) / 부용꽃 스물 일곱 송이가 붉게 떨어지니
紅墮月霜寒(홍타 월 상한) / 달빛 서리 위에서 차갑기만 해라.

여성의 재능을 인정하지 않는 시어머니의 학대와 무능하고 통이 좁은 남편, 몰락하는 친정에 대한 안타까움, 잃어버린 아이들에 대한 슬픔 등으로 허난설헌은 건강을 잃고 점차 쇠약해져 갔다. 그러던 어느 날 그녀는 시로서 자신의 죽음을 예언했다.

유년(선조18) 봄에 내가 상을 당하여 시가에 묵고 있을 때 밤 꿈에 바다 가운데 있는 산에 올라갔었는데 그 뫼들은 모두 온갖 아름다운 구슬로 이루어져 있었으며…… 그때 나이 스무 살 쯤 되어 보이는 아름다운 두 선녀가 마중 나왔는데 얼굴이며 맵시 곱기가 절대의 가인이었다. …… 두 선녀가 나에게 "이곳은 광상산이로다. 선계의 10주洲 중에서도 제일인데, 그대는 선계仙界의 인연이 있어 감히 이 곳까지 온 것인데 어찌 그냥 있을 수 있겠는가. 시를 한 수 지어보라"고 말하여 사양하다가 어쩔 수 없어 시 한수를 지으니 두 선녀는 손뼉을 치며 기뻐 웃으며 "이 시는 정말 신선의 시다"라고 말하였다.

야사《패림稗林》은 그가 자신의 죽음을 예견했다고 적고 있습니다. 스물 일곱의 그가 어느 날 갑자기 목욕 후 옷을 갈아입고서 집안 사람들에게 "금년이 바로 3·9(27)의 수인데, 오늘 연꽃이 서리를 맞아 붉게 되 었다 [今年乃三九之數 今日霜隨江]"라고 말하고 눈을 감았다는 것입니다.

※ [네이버 지식백과] 허난설헌許蘭雪軒 - 조선중기 천재 여류시인 (인물한국사)

망아지

서영도 / 2018.07.10. 01:29

비는 억수처럼 세숫 대야로 퍼 던지고
잠은 고삐 풀린 망아지처럼 히힝 대며
캄캄한 어둠속으로 뛰쳐 달아난다.

아 여긴 어디쯤일까
이 처절 가련한 망망 대하에서
칠흑같은 바다로 나아가야 한다
나는 어떻게 살아야 하나

새끼도 품에 있을 때 새끼지
솜털을 벗고 대갈이 커지면 새끼가 아니다
고삐 풀린 망아지처럼
손도 마음도 닿지 않는 곳으로
제 살길 찾아 훌훌 수 만리 떠나 버렸다

아 오늘도 어깨가 시고 아프다
이게 삶이란 말인가

골방

내가 쉬이 이 작고 흉물 한
골방을 떠나지 못하는 이유는
구석구석 손에 닿을 듯
남아있는 나의 노래가
아까워서 이다

가슴이 아리도록
새뜩새뜩 박혀있는
보석 같은 추억의 사각 정글
언제든 달려 갈 준비를 갖추기 위한
열차처럼 여기서 고쳐잡는
고속철도는 언제나 공사 중이기 때문이다

292 · 풋내기의 시詩와 담譚

공

서영도 / 2018.04.12. 07:00

강물은 흘러 흘러 바다로 스미고
세월도 흘러 흘러 과거로 스민다

떨어진 꽃잎은 물에 떠서 어디 가나
뜨겁던 태양도 황혼으로 스미는데

꽃들은 지고 나면 내년이면 또 피지만
재청 없고 재생 없는 우리네 인생 사

그래도 가슴의 빈터 아직 남아 있다면
지금이 가장 신선하고 빠를 때이다

당신의 남은 인생 중 아직 움직일 기력과 정신 있다면
무엇이든 누구이든 사랑하라
가슴에 사랑이 없으면 인생은 영(無)이요
마음에 사랑 할 빈터가 없으면 인생은 여전히 공(空)이다

순둥이가

서영도 / 2017.07.03. 19:33
시 창작 론 실습작품

길동이 즐겨 타던

하얗고 순수하던 구름이

오늘따라

가슴이 시커먹게 타들어 가는지

화를 감추지 못하고 있구나

화덩이를 우릉 우릉 토해내며

제 성질을 못 이기는 듯

낙수 같은 눈물로

길길이 날 뛰고 있구나

삶의 한 켠

서영도 / 2016.12.07. 밤

서쪽 새 마저 지쳐 둥지로 돌아 간 새벽
바람은 공원 구석 혼자 떠돌다
떨어진 낙엽들을
운명의 굴렁쇠 속으로
굴리고 간다.

칼바람 속에도 별은 총총한데
하늘 님 오늘도 저 위에 계시는지
눈곱만치 작은 소망 조각들이
한숨에 비껴 삐쭉이 날을 세우다가
"이러다 영 안 되믄 죽으믄 그만이지......"

하지만 그게 그리 쉬운 일은 아니다
무의식 속에 틀어 앉은
행복 소망 바램
설렘의 꽃
한껏 피우고 싶은 희망

겨울은 심해(深海)처럼
너울이 더 심해져도
다시 또 봄은 오고야 말 것을
더 이상 절망은 하지 말도록 하자

295

그대 잠 드셨나요

서영도 / 2016.12.29. 15:20

그대 이미 잠 드셨나요
별들이 깨알처럼 속살거리며 유혹하는 밤인데

그대 벌써 잠 드셨나요
별들에 노래가 눈물겨워 가슴이 흐느끼는데

그대 지금 잠 드셨나요
총총히 떠나는 우주로의 여행 함께 하고픈 밤인데

그대 시방 잠 드셨나요
한줌 스산한 바람이 나를 떨게 하네요.
잔 물결 부서지는 은하수 넘어로
당신과 함께 유영遊泳 하고 싶은 밤인데

낙엽 3

서영도 / 2016.11.26.

너는 떨어져 날리며

또 다른 운명의 교차로에 서고

나는 홀로

영영 인연의 끈을 놓는

마지막 낙엽의 미소를 듣는다.

찬바람도 맘 둘 곳 못 찾는

초겨울

끊어져 이을 수 없는

녹슨 기차 길 끝

나는 지금 어느 식장 앞에서

너의 뒷 모습을 지켜 본다

꽃 2

서영도 / 2019.05.14. 04:30

사람은 저마다 꽃으로 피었다 꽃으로 진다
개나리 진달래 코스모스 할미꽃
자기만의 색깔로 이생에 왔다 꽃으로 져 간다
아까운 꽃잎이 만개도 못한 채
다시 피어날 약속도 못 한 채
한 알의 밀알이 되고 져
처음 싹 틔우고 시작한 자신의 고향을 찾아
하나 둘 떠나간다.

바람을 따라가자
비바람 눈보라 온 몸으로 부대끼며
모진 아픔을 견디는 나무들처럼
저 하늘 희망의 별이 총총했던 과거는 고이 접어 두고
닥아 오는 구름을 맞이하자
뭉게구름이던 먹구름이던
다분히 준비되어 피어날 한 송이 꽃으로

순간을 만끽하자
활짝 핀 꽃으로 세상에 나가자

촌음은 순간으로 시작해 순간으로 막을 내린다
꽃으로 지고나면
주어졌던 모든 시간들은
봄날의 단잠 속에 나른한 꿈이 되리니
주어진 한 순간도 놓치지 말자
남아있는 시간 중 지금 이 순간이
그대가 날 수 있는 최고의 순간임을
임이여 사랑하는 임이여
우리 모두 이 순간을 기억을 하자
그리고 추억으로 간직하자

꽃 3

서영도 / 2019.06.29.

아직도 우리에겐 시한이 남아 있다

시간 시간이 화려한 외출의 꽃이고

만사여생이 꽃이 아닌 것이 없다

살아 존재 해 있다는 건

아직도 꽃 피울 말미가 남아 있다는 것이다

날개 2

서영도 / 2018.03.24. 06:00

기억과 회상의 날개는
시도 때도 없이 여행을 떠난다
날개도 없이 날아가는 마음의 여행
상상의 나래를 푸더덕이고
회상의 나래도 넓고 크게 휘 젓는다

아 저기 뭔가 보인다
귀엽고 예쁜 까장 도토리
솜털이 보송한 작은 참새 새끼
어느 한밤
무수한 별똥 별이 떨어지던 날밤
까장도토리 솜털 벗은 참새들이
천둥치고 비 내리던 날 어느 새
둥지를 떠났고

그래도 지구는 자전과 공전을 멈추지 않았고
어금니가 부서지도록 꾹 깨물며 참을 수 밖에
덧 없는 세상도 세월따라 바다로 흘러 갔고
자신도 모르게 눈 언저리 흘러있는 이슬 자욱에
쓸쓸히 엷은 미소를 짓는다

나에게 그대는

서영도 / 2019.07.22. 09:35

내게 단 한 번도 그대가
꽃이 아닌 적이 없오
그대라는 꽃은
내겐 학수고대 달을 기다리는
달맞이 꽃이라오

내게 단 한 번도 그대가
바람이 아닌 적이 없오
그대라는 바람은
내겐 영하의 겨울을 지나 봄을 기다리는
따숩고 포근한 남풍이라오

내게 단 한 번도 그대가
구름이 아닌 적이 없오
그대라는 구름은
천개의 꿈을 그려놓고 떠나는
더미 구름이라오

내게 단 한 번도 그대가

별이 아닌 적이 없오
별이라도 그대는
보석처럼 온 몸으로 빛을 발하는
아프로디테 였다오

내게 단 한 번도 그대가
시가 아닌 적이 없오
그대라는 한편의 시는
기쁠 때나 슬플 때나 노엽거나 즐거울 때도
내 가슴을 울리는 노래
비브라토 였다오

※ 아프로디테 : 그리스 신화에 미와 사랑의 여신, 바다의 거품에서 탄생함.
　비브라토 : 음악이나 성악에서 음을 상하로 가늘게 떨어 울리게 하는 기법.

내 안에 나

서영도 / 2018.12.19 pm

아파서 너무 아파서
미워서 내가 너무 미워서
세상도 모르고 미친 놈 널 뛰듯
적응도 안 된 미숙하고 미달한 인생아
내안에 숨 쉬는 또 하나의 너는
누구이기에
가슴 밑바닥을 이다지 헤집어 놓을까

가슴을 쥐어뜯어 갈기를 내어
못된 놈의 망아지 엉덩이의 뿔을
산삼도 도망치지 못 할
심마니의 시퍼런 곡괭이로
터럭 한 올 남지 않게 파헤치고 싶다

뿌리 채 뽑은 그 못된 것을
목이 잘록한 호리 술병에 넣어
천년 만년 잠 재워
저 차디 차고 깊은
남극 빙하의 심연 속에

영원히 빙장 시키고 싶다

그리고 님들의 굳어진 가슴에
봄의 새싹이 파랗게 돋아나길 기원하며
아무도 찾지 않는 깊은 산 중
이름도 없는 어느 작은 절간을 찾아
오래 된 목탁을 밤 새워 두드리며
진심眞心과 신심身心을 다해 기도 하고 싶다

똑딱 똑딱 관세음 보살 나무 아미 타불----

노상 방뇨

서영도 / 2017.07.03. 18:40
시 창작 론 실습

남산에서 아랫 동네로 짱돌 하나 던지면
개구리 너구리 몇 마리나 잡을까
에레베스트 정상에서 바위를 굴리면
희망봉까지 굴러가면 어떤 일이 일어날까
하지만 그 산을 떼어 먹고 사는 원주민이나
그 산에 운명으로 살아가는 동 식물에게
심한 상처를 안기고도 일 없었다는 듯
바위는 여행을 마치고
희망봉 어디선가 운명의 자리를 잡고
평생의 똬리를 틀고 있겠지

노상에서 한 다리도 안 들고 방뇨를 할 때 문득
오줌 줄기 밑에 개구리 놀라서 펄쩍 뛰면
조금이라도 미안한 마음이 들어 갈까
옆에 개미굴이 있어 개미들에게
뜨끈한 장마를 선사 하다가
아차 싶어 얼른 추스르고 뒷걸음 칠 때
무심코 던진 돌과 방뇨로

지구상에 함께하는 민초들과 동식물에게
보시布施는 못할 망정 피해를 가하고 있다는 것에
죄의식이나마 있기나 한것일까
세상에서 가장 독한 미물 인간 말종들아
좀 더 정답고 정겨운 마음으로
서로 다른 존재들과 공존하며 살아 갈 수는 없겠니

당신이여야 해

서영도 / 2017.12.25. 08:00

바람이 스쳐가며 속삭이는 말
구름이 흘러가며 전해 준 노래

한 알 그리움의 씨앗이 틔우게 된 이유
세상의 존재로 나를 살게 하는 이유

내 가슴 삶의 이유를 안겨주는 당신
그래서 그건 바로 당신이여야 해

나의 뜨거운 눈물이 당신을 원하고
나의 불타는 가슴이 당신을 기다리네.

내 삶의 근원이고 목적이 된 그대여
가장 겸손하고 가장 낮은 모습으로 당신께로 향합니다

그것이 내 마지막 꿈이요
그것은 바로 당신이어야 합니다

독설毒舌

서영도 / 2019.01.29. 09:20

세치 독설의 위력은 하늘을 찌르고
그 독설은 북서풍의 황소 바람같이
타인의 봉창을 갈갈이 찢는다.

하지만
그 독사의 독이 독하면 독 할수록
독한 암을 치유하는 항생제가 되 듯
설을 잘 쓰면 누군가의 삶의
등불이 되기도 한다.

설의 독한 독화살이라도
겸손과 겸허로 받아들인다면
산 까치가 공작새로 탈바꿈 할 수 있는
절호의 기회가 되기도 한다.

동방의 샛별 대한민국

서영도 / 2017.05.01. 03:00

밤이 되면 별처럼 빛나고
한낮엔 태양처럼 뜨거운 민족이
동쪽에 살았네.
산 좋고 물 좋아 선비 정신 맑은 나라
기상氣像은 하늘처럼 높고
풍류風流가 넘실대는 나라
겨레에 자랑이요 민족에 영광이라

그랬던 이 나라가 어찌하여 이리 됐나
매국노가 득세하여 사리사욕 넘쳐나고
상식이 아닌 상식들이 도道를 넘는 상식이 되고
바른 것도 비틀어 정과 도가 구별 없는 나라가 되고
개처럼 돈만 벌면 정승 되는 나라
찐 좀 있다하면 회장 대우 받는 나라
이게 무슨 나라인가 이 나라가 나라인가

대한민국 헌법 제1조 1항 대한민국은 민주 공화국이다.
대한민국 헌법 제1조 2항엔 대한민국의 주권은 국민에게 있고,
모든 권력은 국민으로부터 나온다.
이렇듯 명명백백 성경처럼 백여 있는데
칼자루 쥐고 나면 하루 아침 눈이 멀어

머리 뜨거운 엘리트의 초심은 간데없고
눈먼 금맥 찾기에 눈시깔 까 뒤집히고
권력을 남용하여 부귀영화 거머쥐니
그 이름도 빛나는 황금박쥐 전사
날 도둑님과 날 강도님이 되었네.
촛불이 한 낮에도 환하게 빛남은
거짓은 진실을 언제나 이기지 못하고
말없는 진리는 때가 되면 빛이 나네
진리와 진실은 민주주의 반석이고
민초들이 쫓아가는 길이요 희망이네

자 우리 모두 두 볼에 흐르는 눈물
주먹으로 닦아내고 울분을 삭히면서
목청껏 외쳐보자 대한민국의 미래를
일어나라 대한민국 꿈을 꾸자 대한민국
웃어라 대한민국 빛나라 대한민국
(날아라 대한민국 영원하라 대한민국)

두 물머리의 봄

서영도 / 2019.03.18.

방구석을 헤집어
봄을 찾았으나
허당을 치고
봄이 와 있다 하여
봄 맞으러 두물머리 나갔네
여인의 계절이 곁으로
또 닥아 온 듯
왈칵 솟는 반가운
봄 물결소리
아직 찬 바람이
물결을 가르나
생동하는
여인 닮은 연꽃이 피어나는
두 물머리의 봄이
살포시 피어나는 듯 하다

마음의 갈래

서영도 / 2018.10.20. 11:00

눈을 열자
마음의 눈을 열자
보이는 것 속에 아니 보이는 것들을 볼 수 있도록
마음의 눈을 열자

귀를 뜨자
마음의 귀를 뜨자
들리는 것들 속에 진실의 소릴 들을 수 있도록
마음의 귀를 뜨자

입을 떼자
마음의 입을 떼자
세상의 따듯한 정이 흐르고 도덕과 정의가 넘쳐나도록
따스한 소리로 된 입을 떼자

손을 잡자
마음의 손을 내밀어
외롭고 쓸쓸하고 소외된 영혼들이 따듯 해 질 수 있도록
용광로 같은 가슴의 손을 내밀어 꼬-옥 잡아 주자

멋진 인생

좋은글 중에서

좋다고 해서 금방 달려들지 말고
싫다고 해서 금방 달아나지 말라

멀리 있다 해서 잊어 버리지 말고
가까이 있다 해서 소홀하지 말라

악을 보거든 뱀을 본 듯 피하고
선을 보거든 꽃을 본 듯 반겨라

은혜를 베풀거든 보답을 바라지 말고
은혜를 받았거든 작게라도 보답하라

타인의 허물은 덮어서 다독거리고
내 허물은 들춰서 다듬고 고쳐라

모르는 사람 이용하지 말고
아는 사람에게 아부하지 말라

공짜는 주지도 받지도 말고

노력 없는 댓 가는 바라지 말라
세상에 공짜는 없다

나를 용서하는 마음으로 타인을 용서하고
나를 다독거리는 마음으로 타인을 다독거려라

보내는 사람 야박하게 하지 말고
떠나는 사람 뒤끝 흐리지 말라

미친 년 (세월)

서영도 / 2017.10.30. 02:00

수 억만년 버텨온
지구의 한쪽 귀퉁이에서
머나먼 우주
끝도 모를 하늘을 바라다 본다.
우린 어떤 존재인가
어디서 왔다 어디로 가는 것인가
순간 같은 이생을
안타까워하며
아쉬워하며
아파하며
슬픔 가득 찬 눈물에 술잔을
털고 또 털고 있는 것일까

누구는 간 것이고
누가 남은 것인지
먼저 간 자가 행복한 것인지
남은 자는 왜 슬픈 것인지
우린 그 무엇에 정답을 내지 못한 채
찝찔한 슬픔의 눈물

가득 찬 술잔을
거푸 거푸 부딪치며
아무도 모를
미래의 생을 향한
눈물을 나누어 마신다.

미치도록 사랑했던
친구여 술잔이여
년 년이 거듭할수록 가슴은
너라는 놈 너라는 친구가 그립기만 하구나.

밤비夜雨 1

서영도 / 2018.04.23. 04:03

눈물이 반인 술잔이 넘어지는 저녁 때
짝 잃은 고양이도 야옹 야옹
비 온다 비 온다
외치고 다니더니

구슬피 울던 창가에 새 한 마리
어디서 이 비를 피했는가?
차분히 가슴을 적시는 빗소리
밤새 울음을 참지는 못하였거늘

술잔 속 아직 남아 있던 슬픔이
빗소리 따라 홀로 울컥대는
가슴에 불을 댕기며
새벽길 떠나지 못해 우울한
사내를 유혹 하누나

밤비 夜雨 2

서영도 / 2018.04.23. 06:06

야음을 타고 왔다
밤새 소리치고 있다
때론 우렁찬 목소리로
때론 가냘픈 목소리로
순수의 외침으로
거짓 없는 속삭임으로
일어나라고 그리고 살아가라고
거침없이 뛰어가라고
산을 넘으라고
바다를 건너라고
때론 속살거리며
때론 큰 소리로 독려하며
우렁차게 살아가라고 퍼 붓고 있다

밤비夜雨 3

서영도 / 2019.06.07. 03:00

추적 추적 빗소리
창가를 서성이는 밤
풀 향기 같은 사람 냄새가 그리움 되어
일출처럼 사랑의 색깔이 고왔던 날에
따듯하고 고운 얼굴들이
반딧불이처럼 하나 둘
가슴 안에 깨어나 반짝 입니다

세상의 아픔과 슬픔
빗물에 씻어 내려고
온몸을 짓누르던 세욕의 무게
털어 내려고
빗속으로 빗속으로
묵묵히 걸어가고 싶은 밤입니다
사랑하는 님의 기억만을
가슴에 안고서 사랑의 여행을 떠나고
싶은 밤 입니다

백두산 여행기

서영도 / 2018.03.31. 23:00

2015년 09월 04일 – 09월 07일

1. 어수선한 마음

2015년 09 월 03일 경

나라가 안 밖으로 어수선 했다. 곪아 터질 것 같은 답답함이 가슴을 짓누르고 있었다. 나라다운 나라는 아니더라도 신선한 내 나라 내 조국이었으면 했다. 그 해 초 인천 어린이 집에서는 어린애를 무단히 강타하는 모습이 찍힌 cctv가 나와 나라의 희망이며 꿈인 어린이를 법적으로 보살펴야 한다는 이야기가 온 나라에 회자 되고 있었다. 그리고 바로 다음 달 영종대교에서는 안개로 인한 106중 차량 충돌로 인해 천재나 인재냐의 엇갈림의 언쟁, 그 끝에 안전 불감증이란 국민 병의 도짐

321

을 한탄했으며, 대체 국가 공무원은 무엇을 하고 있는가? 위험 표시는 잘 되어있는가? 등등 질문 공세가 온 신문과 인터넷 속에서 부글부글 끓고 있었다.

그러한 사고와 뉴스의 거센 파도의 한 가운데 있는 국민들은 더 큰 실의와 실망에 빠져들고 있었다.

과연 정부는 무엇이며 뭐하는 집단이란 말인가? 그런 의심을 품기 시작하는 국민들이 점점 더 여위어 가는 그런 아픔의 여름 날 이었다.

그리고 세월 호 침몰로 인한 정부 관리 체계에 대한 불만과 의심이 국민의 가슴에 파편처럼 속병으로 곪아 터져 가고 있는 그러한 시기였다.

그럼에도 우린 이 시점을 이겨내야 하며 그리고 살아 내야 했다. 다행히 여행으로 나마 마음에 무게를 덜고자 중국여행을 계획하게 되었으며, 충딩 친구들과의 중국 쪽 여행은 처음이었다.

2. 선구자

2015년 09월 04일 07:10

아침 비행기를 타기 위해 공항으로 가는 리무진을 기다리는 시간은 설래 임 반, 어수선함 반이었다. 바람은 고요했고 조금씩 변색 되어가는 나뭇잎을 바라 보노라니 쓸쓸하고 슬픈 마음의 빈 공간에 회오리처럼 깔깔하게 전해 왔다. 그래도 이번여행에 가장 기대하며 가는 곳은 우리의 영산 백두산 정상과 천지였다.

겨레의 명산이며, 신성 신령한 산, 우리의 산 정상에 올라, 기도라도 하고 싶은 심정으로 여행길에 올랐다.

인천 공항을 떠난 일행은 2시간 40분 만에 연길 공항에 도착했다.

우리 일행은 가이드를 앞 세우고 첫 일정에 들어갔다.

첫 번째로 찾은 곳은 해란 강이었다. 시간이 없어 차창 쇼 윈도우 관광이었다.

해란 강 그 강가에 차가 멎어 강 아래쪽에서 위쪽을 한 눈에 살펴보았다.

그 때

우렁찬 선구자의 노래 소리가 내 머릿속에서 울려 퍼졌다.

〈선구자〉

일송정 푸른 솔은 늙어 늙어 갔어도
한줄기 해란 강은 천년 두고 흐른다.
지난날 강가에서 말 달리던 선구자
지금은 어느 곳에 거친 꿈이 깊었나.

용두레 우물가에 밤새 소리 들릴 때
뜻 깊은 용문교에 달빛 고이 비친다.
이역 하늘 바라보며 활을 쏘던 선구자
지금은 어느 곳에 거친 꿈이 깊었나.

용주사 저녁 종이 비암 산에 울릴 때
사나이 굳은 마음 길이 새겨 두었네.
조국을 찾겠노라 맹세하던 선구자
지금은 어느 곳에 거친 꿈이 깊었나.

가이드의 설명이 이어졌다.

지난날 우리민족과 나라의 생명이 일제의 탄압으로 인해 간당간당
할 때 용정으로 피난 이주해 온 조선인들의 뼈 아픈 삶의 애환을 들을
수 있었다.

그리고 활을 메고 말을 달리며 쏘는 연습을 했을 해란 강가, 모든 것
이 눈에 보이는 듯 선 해지며, 눈시울이 뜨거워 졌다.

가뜩이나 눈물이 많아, 슬픈 드라마나 영화만 봐도 눈물이 비 오 듯
하는 사람이였기에, 감정은 눈물의 웅덩이에서 태풍의 눈처럼 소용돌
이를 쳤다.

3. 아 – 시인 윤동주

해란 강을 거쳐서 두 번째 찾은 곳이 윤동주 문학관 이었다. 문학관
을 들어서니 한쪽에 새로이 신축하는 건물이 눈에 들어왔다. 가이드에
게 무슨 건물이냐고 물어보니 문학관 자료 양에 비해 문학관이 너무
비좁아 건물을 한 동 더 짓고 있는데, 윤동주 문학관에 걸 맞는 건물의
형식을 한국식으로 짖는다는 것이었다. 그 말을 들은 우리의 마음이
한 결 가벼워 졌다. 우리와는 조금 다른 중화 민족이지만 한국인 시인
을 위한 문학관을 한국식으로 짖는다니, 조금 놀라운 사실이었다. 그러
나 그 사실은 현대인의 긍정적인 사고라고 생각했다.

안으로 들어서니 신축을 위한 모금행사를 하고 있었다.

문학관으로 들어서니 윤동주 시인의 삶과 시인의 시심 등에 대한 임
직원의 설명이 이어졌다. 그 설명을 들은 후 친구들은 대부분 천 원씩을
모금함에 넣었다. 그러나 나는 시인을 너무 좋아한 나머지, (서울 청운
동 윤동주 문학관 기행 때 헌시를 지어가서 낭독을 한 적이 있었다.)

오만 원 권을 꺼내 모금함에 넣었다. 그리고 임직원에게 내가 윤동주 시인을 존경하고 좋아하다 보니 헌시를 지어 왔다, 그러니 죄송하지만 낭독을 하게 해 달라, 고 가이드에게 이야기를 부탁하게 했다. 임직원이 내가 모금액 오 만원을 넣은 것을 본 때문인지, 아니면 헌시에 대한 호기심 때문인지 아무튼 쾌히 승낙을 해주었다.

함께 관람을 하며, 지나는 사람들(한국 관광객이 많았음)에게 "시인에게 바치는 헌시를 낭독 하려한다."고 양해를 구하니, 모두들 발길을 멈추고 낭독 시를 들어 주었다.

〈헌시獻詩 윤동주〉

서영도 / 2015.08.15. / 2017.11.17. 18:30
70번째 광복절 시인에게 바치는 시

부끄럽지 않게 살기를
다짐했던 청년
하늘과 바람과 별과 시를 노래한
순진무구純眞無垢한 청년
자신의 쓴 시가
쉽게 쓰여 짐이 안타까워
가슴 졸이던 청년
교탑 꼭대기 걸린
십자가 떼어 짊어지고
예수께서 가신 길에

동도동지同道同志 하겠다며
얼굴 붉히던 청년
민족 애愛 넘쳐 조국을
가슴 그득히 품었던 청년

기어이 한 모금 숨결
벼랑에 드리우고
팔일오 광복을 목전에 둔 채
1945 년 2 월 16 일
꽃보다 더 푸른 28세에
늑대 이빨 왜倭의 제물이 되어
차디찬 후쿠오카 옥방獄房에서
대한독립 네 글자를
피 토하듯 지키다
유성 따라 별이 되어 간 청년

강철 같은 그대의 시어詩語에
조국강산 일어났고
눈물 젖은 그대 시어詩語에
민족혼이 한강으로 넘쳐난다.
그대 시어詩語의 불씨
조국의 혼 불 되어 타오르니
조국은
당신의 이름을

불멸의 한 송이 무궁화라 하겠습니다.

낭독을 마치고 문학관을 나오니 친구들이 추궁하듯 야단치듯 치근 댔다.

"얀마, 시를 낭독한 건 다 좋은데, 돈을 그렇게 많이 넣으면 어떻게 해!"

"어? 아! 야! 그 정도는 윤동주 시인을 좋아하고 존경한 마음의 일부라고 생각해, 일본 놈들에게 그토록 고초를 겪으면서도 한 치의 굽힘이 없으신 시인의 의지를 생각하면 지금도 가슴이 시리고 아프고 일본 놈들이 얼마나 미운데, 그리고 시로서 보여주신 굳은 마음에 비하면 새 발에 피여, 암, 건 암 것도 아니라구. 그래봐도 나는 시인의 발끝도 못 따라가는 걸, 그럼!"

"이야--! 네가 내 친구지만 그렇게 까지 시인을 좋아 하는 줄 몰랐는 걸, 되려 우리가 머쓱하고 대단한데.........그렇지 않니? 친구들아?"

함께한 친구들이 모두들 고개를 끄덕였다.

4. 아 대한의 신령한 산 백두산이여 !

다음날

2015년 09월 05일

아침을 일찍 마친 일행은 백두산 등정에 나섰다. 백두산 북파 쪽으로 이동하는 일행 친구들의 가슴은 설래 임과 긴장으로 채워졌다.

이미 마음속에 가슴속에 백두산의 정기가 가득 찬 것 같이 뿌듯함도 그득 채워져 있었다.

그러나 백두산 밑에 당도했을 때

더 놀란 것은 케이블카로 올라가는 줄 알았는데, 백두산 8부 능선까지 승합차를 나누어 타고 올라간다는 것이었다. 2팀으로 나누어 승합차에 올랐다. 백두산이 높고 험하기 때문에 길은 곧장 된길이 아니었고 계속적인 갈지 자 즉 에스코스로 계속 올라가는데, 올라가다 멈춰서면 다시 출발이 안 되는 급 경사도이기 때문에 출발하면서부터 액슬 레이터를 그대로 8부 능선 종점까지 계속 꽉 밟아 줘야 한다는 것이었다. 그리고 계속되는 에스코스 때문에 우리의 몸은 바로 짐짝이 되어 마구마구 이리 쏠리고 저리 쏠리었다.

처음 여자 동창 친구들이 무서워서

"엄마! 엄마!" "아부지!" "엄마 아부지!" 하더니

슬쩍 슬쩍 백미러를 통한 이상한 웃음을 보이는 운송 기사를 보고, 모두들 무서워하는 기색을 보이기 보다는 즐기자고 하여 와! 와! 하며 즐겼다.

즉 중국인 운전기사들이 우리 한국인들의 담을 시험해 보려는 듯, 더욱 험하게 차를 모는 것 같았다. 우린 우리대로 더욱 담대하게 즐기는 모습을 보여준 것이었다.

그렇게 힘겹게 올라간 백두산 천지는 우리 일행을 쌍수로 환대하고 있었다.

사실 올라가면서 어쩌면 우리가 백두산에 올라갔을 때, 갑자기 짙은 안개가 끼거나. 비가 오거나, 구름이 끼면, 백두산을 제대로 보지 못하고 돌아올 수 있다. 고 가이드가 이야기 해 주었기 때문에 우린 그 부분을 가장 염려하며 백두산 천지를 대 했던 것이다.

하지만 백두산은 너무나 깨끗했고, 천지는 가을 하늘과 같은 푸르른 색을 띠며 우리를 기다리고 있었다.

하늘에 감사하고, 천지 신명께 마음속으로 깊이 깊이 감사 드렸다,

일행은 다른 관광객과 더불어 백두산 정상을 돌아보며 사진으로 추억을 남기기에 바빴다. 그리고 백두산의 푸른 공기를 가슴 깊이 담고 또 담았다.

우리는 가져간 우리의 소주와 찐 계란을 음식 삼아 일행이 모두 모여 백두산 산신령님과 천지 신명께 겸허한 마음으로 시산제를 지냈다. 그리고 그때 잠시 잠깐 동안 지었던 나의 시를 낭독 한다고 주변 관광객에게 양해를 구했다.

"낭독하는 것이 약간 시끄러울 수도 있으나 백두산 찬양 시이니 양해해 주십시오." 그렇게 말을 하니 한국인 관광객과 조선족들이 약식 시산제와 백두산 찬양시를 들으려고 모여 들었다.

〈백두의 꿈〉

서영도 / 2015.09.05.
북파 장백을 올라 천지 곁에 서다

백두의 높고 넓은 천지의 자긍심
아름으로 보듬고
장백폭포
장엄한 물줄기 민족혼을 달구네.

억년의 용트림 온몸으로

운기 받아
속세의 찌든 탐욕
모두 날려 버리라

쇠심줄처럼 질기고 끈끈한 민족이
천지 아래
한 덩이 어우러진 칡넝쿨
인고의 잔인한 세월
억새처럼 강하게
비바람에 꺼져가던
겨레의 불씨를 살아
마침내 찬란한 성화聖火
한라에서 백두까지 당당히 댕기리라

겨레여 민족이여
찌질 한 파벌의 굴레 검불처럼 벗어 던지라
대大 한 민족을 일으켜 세운
백두의 천지신명 굽어 살펴 사
세계 으뜸으로 일어설 대한민국 위하여........

　일행은 백두에 서린 운기, 맑은 공기, 유리알처럼 투명한 천지를 뒤로
하는 아쉬움을 남긴 채, 장백 폭포를 돌아, 백두산에서 흘러오는 노천
온천 지대 근처에서 온천욕을 즐겼다.

5. 아 – 두만강

다음날

2015년 09월 06일

전날과 마찬가지로 설레는 마음으로 일어나 아침을 먹고 일정에 따라 북한의 국경인 두만강을 관람하려고 차에 올랐다. 약 한 시간 가량을 차를 타고 가면서 우리는 〈눈물 젖은 두만강〉을 목을 놓아 불렀다.

가이드가 의아한 듯 "그렇게도 목이 메느냐"고 물었다.

가이드도 한국인 이었으나 어찌 처음 두만강을 대하는 마음과 같으랴..........!

〈눈물 젖은 두만강〉

두만강 푸른 물에 노 젖는 뱃사공
흘러간 그 옛날에 내 님을 싣고
떠나간 그 배는 어데로 갔소.

그리운 내 님이여
그리운 내 님이여
언제나 오려나.

강물도 달밤이면 목메어 우는데
님 잃은 이 사람도 한숨을 지니
추억에 목 메인 애달픈 하소

그리운 내 님이여
그리운 내 님이여
언제나 오려나

친구들의 눈 속에 이슬이 맺혀 보석처럼 반짝 반짝 빛났다.

두만강 가에 다다른 우린 감회에 젖어 물 건너로 보이는 북한을 바라보며, 우리의 땅이면서도 우리의 땅이 아닌, 정든 땅을 눈이 시어 오도록 애달피 건너다 보았다.

그리고 어김없이, 그리고 너무 한다는 어떤 친구의 투덜거림을 들으면서, 차에 오면서 메모한 시를 읽겠다고 말하고 시를 읽어 갔다.

〈아 – 두만강〉

서영도 / 2015.09.06.
두만강 가에서

두만강아, 푸른 물아, 노 젓던 뱃사공아,
천년 사연
물밑에 숨기고
자유 향한 통곡소리
여울목에 묻었느냐

어제 오늘 그리고 내일
겨레의 숙명처럼

덧없이 흘러가는
나의 강 두만강아

뱃사공도 이미 떠난
허물어진 강둑
황량한 바람만이
부러진 돛대를 감싸 안고
끄억 끄억
울부짖고 있구나.

하나이면서 둘인 나의 땅아
이슬이 모여 만강의 강물처럼
눈 밑을 흐른다.

얼마나 더
가슴앓이 해야
내 땅 내 고향에서
아이처럼
숨바꼭질하며
웃을 수 있을까

이젠 너와 나
태극기 높이 들어
목이 터져라

대한민국 만세 부르며

하나 되어야 하지 않겠니.

나의 땅 나의 강

우리의 두만강아

　일행은 두만강 건너 나에 땅이며, 우리에 땅을 하염없이 바라보다, 무거운 발길을 돌릴 수밖에 없었다. 하루 바삐 통일을 기원하면서.........!

6. 돌아오는 길

　다음 관광은 진달래 광장과 연변 박물관이었지만, 가슴속에는 백두산의 운기와 장백폭포의 기운찬 고동소리, 그리고 두만강에 아쉬움들이 가득해, 그리 즐거운 관광이 되지 않았다.

　숙소로 돌아온 일행은 가지고온 술과 중국술을 두어 병 더 사서, 술잔을 부딪치며 어서 빨리 통일이 되기를 기원하는 완 샷을 거푸 거푸 외쳤다.

　밤은 깊어 갔고, 빈병이 두병, 세 병 늘어났을 땐, 어느 듯 친구들의 눈가에는 이슬이 한 방울 두 방울 맺혀 있었고, 목소리는 울음이 섞여 메어 있었다.

　다음날

　2015년 09월 07일

　돌아오는 비행기에서는 처음 즐거운 마음으로 떠났던 날의 설래 임보다는 통일에 대한 간절한 기원만이 가슴에 가득 차 있었다.

-------- 이 상 -------

2018년 03월 31일 겨우 마치게 되었음.
서영도   010 － 5357 － 1256

보름달

서영도 / 2018.03.04. 06:50

정월 열닷세
보름달 맞으러 고향마을 내려갔다.
오롯이 엄마가 좋아하던 보름달
그래서 나도 보름달이 좋았다.
얼마간 속세에 찌들어 잊기도 했다.
하지만 이번 설은 왠지 보름달이 꼭 보고 싶었다.

이 개울만 건너고, 언덕을 조금 오르면
엄마가 계시는 산 동네다.
개천을 다 건넜다 싶었을 때
어두 컴컴하던 세상이
갑자기 밝아졌다.
"우와 보름달이다!" "보름달이 떠올랐어.........!"

엄마와 같이 보던 보름달
그날의 그 보름달이었다.
"와~~ 우리 집 쟁반보다 더~ 크네......!"
감격에 겨워 멍하니 보름달을 마주했다.
문득 보름달에서 어머니의 음성이 들렸다.
"떡국은 먹었니? 설날에 말이다......"

"네?.........아, 네......!"
"?????"

"보름인데 오곡밥은 해 먹었겠지? 삼색 나물도?"
고사리, 취나물, 시금치, 도라지, 숙주, 말이다."
" 네?.........네 그럼요!"
"그래? 그럼 부럼도 깨물었고?
 잣, 밤, 호두, 땅콩 말이다."
"네?, 네......!"
"쯧 쯧 쯧! 어쩐지 대답이 다 시원치 않구나."
환하던 보름달이 점점 야위어 졌다.
그리고 조금씩 조금씩 멀어져 갔다.
보름달을 따라 징검다리를 껑충 껑충 건넜다.
보름달의 음성이 또 들릴까봐
점점 멀어지는 보름달을 따라 걷고 걷고 또 걸었다.

먼 하늘로 둥~실 떠나간 보름달이 노랑 개나리 꽃을 가득 뿌렸다.
갑자기 주변이 노랑 안개꽃으로 가득 차올랐다.
눈물이 주르륵 흘렀다
"안녕!" "어머니 안녕!"
"내년에 또~~ 어 머 니!"

봄 앞에 서서

서영도 / 2019.03.20. 05:00

내가 봄 앞에 서서 봄을 기다리는 건
꽃처럼 피어날 여린 희망의 싹을 틔우기 싫기 때문이다

내가 봄 앞에 서서 망설이는 건
3월의 바람이 산들거리며 꽃들의 향기를 전하기 때문이다

내가 봄 앞에 나아가 맞이하는 건
꽃잎 속에 숨겨온 맛난 꿀을 맨 먼저 따고 싶기 때문이다

내가 봄 길 따라 떠나고 싶은 건
쫄쫄 거리며 흐르는 시냇물 소리가
그대의 작은 입술에서 나오는 재잘거림을 닮았기 때문이다

봄비

서영도 / 2019.04.24. 05:50

사르륵 사르륵
투드득 투드득
새벽잠을 깨우며 창문을 두드리는 이
꿈나라의 전령처럼
아직 선잠 속에 뒤척이는 대지와 나를 깨우네
머리와 가슴은 깨어 있으나
마른 수수깡처럼 헐거운 육신은
뿌드득 우지직 소리를 지르지만
억지를 부리는 춘향이 메로 일어나
봄비 속으로 봄비 속으로
내 달리고픈 심정은 가득하나
알람 시계는 옥타브를 더 더욱 높이고
봄비는 창문을 더 세게 두들이고 있네

봄비 속에서

서영도 / 2018.04.14. 10:40

나는 지금
소리 없는 미소를
흐드러지게 흘리던 꽃잎이
이별을 재촉하는
애증의 봄비 속에
망연히 서 있습니다.

이별 그
슬픔을 달랠 수 있는 건
언젠가 다른 만남을 위한
환희를 저금 해 두는 것이라기에
봄비로 눈물을 지우고 있습니다.

애틋함과 질시가
희비 하는 교차로에서
찬비(한우)와 임제의
사랑의 시가 그리운 봄비 속에
지금도 나는 서 있습니다.

6월의 불꽃 2

서영도 / 2017.06.06. 오전

씨방이 열리고 꽃이 핀다.
노랑 꽃 분홍 꽃
패랭이 백합 장미 민들레
산에 들에 피고 잿더미에 피고 울 밑에 피고
금 수저로 흙 수저로
운명으로 피어난다.

한 여드레 방긋 하다가
꽃방만 만들면 이내 꽃잎이 시들해 진다
너 나 없이
태고 적 모습을 찾아 흙의 모습으로
바쁘게 돌아들 간다.
세상 꽃으로 나와 꽃으로 지긴
한 가지이나
한번 피고 지는 것이
인생이요 운명이요 숙명이니

세상의 꽃 누구나 피었다 지나니
부활의 꽃 6월의 꽃이 있으니
호국護國 영령英靈의 지지 않는 꽃
영원 불멸의 불꽃이어라

북소리

서영도 / 2018.07.08. 15:27

둥둥둥둥 둥둥둥둥
함대 열세 척으로 왜倭의 배 삼백 삼십 척을 맞아
싸움터에 나아가는 장군의 북소리가
시퍼런 칼날처럼 폐부를 파고든다.
한 치도 물러서지 말라.
한 발도 물러서지 말라.
네가 물러서면 네 가족과 조국은 없는 것이다.
죽기를 각오하면 살것이요 〈사즉생死卽生〉
살려고 하면 죽을 것이다 〈생즉사生卽死〉
차라리 너를 부수어 가족과 민족을 세우라.

아무리 북이 터져라 두들겨도
호의호식과 부귀영화에 눈이 뒤집힌 족속들
나라곡간을 생쥐처럼 파먹고 훔쳐간다
그리곤 개 같이 벌었다며 정승처럼 쓴 단다.
개가 슬쩍한 쩐 좀 모았다고 정승 된다더냐?
한번 개는 살아서도 개 죽어서도 개일 뿐
역사는 개가 강아지였음을 증명해 줄 것이다.

그렇게 눈먼 자들

어찌 촛불의 빛을 볼 수 있으며
그렇게 귀먹은 자들
어찌 촛농의 슬픔을 나눌 수 있으리
향기 짙은 꽃은
온 장안을 향기롭게 하고
어진 인간의 향기는
나라를 넘어 달과 별과 부처까지 염화미소拈華微笑 짓게 한단다.

한 치도 물러서지 말라
한 발도 물러서지 말라
불의에 분노하라
도덕과 정의와 상식이 용암처럼 샘솟는 나라를 만들라
오늘도 명량대첩 충무공의 북소리
뜨거운 조국과 민족 애愛를 일 깨우며 우리 가슴을 울리고 있다.

※ 염화미소拈華微笑 : 말로 통하지 아니하고 마음에서 마음으로 전하는 일.
　　　　　　석가모니가 영산회靈山會에서 연꽃 한 송이를 대중에게 보이자
　　　　　　마하가섭만이 그 뜻을 깨닫고 미소 지으므로
　　　　　　그에게 불교의 진리를 주었다고 하는 데서 유래한다.

※ 제목 : **명량해전 격전지 전경**

　설명 : 1597년 9월 16일에 명량(울돌목)에서 왜적선 330척 대 조선 수군선

　　　　13척이 일대 전을 벌여 승리하였다.

　　　　이로써 서해를 통하여 북진하려던 일본 수군의 계획이 두 번째로 좌절되고

　　　　말았다. [네이버 지식백과] 명량해전

빗속에

서영도 / 2017.08.12. 11:40

한번 헤어진 가슴 쉽게 아물지도 못하고
한번 상처 난 심장은
쉽게 두근거리지 않는다.
한번 어긋난 운명은
쉽게 제자리 찾지 못하고
젊은 날 야무지게 꾸던 오색 빛 꿈은
구름 저 멀리 멀어져만 간다.

인생 아무리 뛰어봐야 다람쥐 쳇바퀴이나
남에게 욕 안 먹고 사는 것도 성공 일 것이라
눈물 머금은 세월
백년도 꿈일 진데
천년을 살 것처럼
꿈속을 헤메도는 나는 누구인가
오늘도 답을 찾지 못한 채
홀로 이 빗속에 망연히 서 있네.

7부 오늘

빈터

서영도 / 2020.01.20. 03:00

고향 마을엔 내 마음의 빈터가
한자리 있다
한강이 저만치 흘러가고
큰 산 세 봉이 병풍처럼 가려주는
그 밑 양지쪽 이름 없는 빈터

그 작은 빈터를 떠올리면
지금도 들리는 해 맑은 웃음소리가 있다
공사판 따라 들어와 공사판 따라 떠나버린
새앙쥐만 하던 시절 오빠라 부르며 재잘대던 소녀들
시방도 그 빈터엔 그 애들이 깔깔대며 재잘대고 있다

나의 혼백은 문득 문득 푸릇 푸릇 피어나던
그시절의 그 빈터를 떠 돌고 있다.

사바세계에 서다

서영도 / 2017.12.06. 오전

운명인 듯 절벽 바위틈 둥지를 튼
꼬마 제비꽃
백지 같은 얇은 의지로
이 밤 버텨 낼 수 있을까
후들거리는 육신을 부둥 켜 안고
주최 할 수 없이 파고드는
가슴속의 세찬 바람소릴 듣는다.

태양은 목마름의 갈증을 적셔 줄
한모금의 빛조차 뿌려주지 않는
한 겨울의 한파 속에
가슴 후벼대는 싸늘한 세풍만이 가득하고
여린 잎새를 무심히 흔들어 댄다.

진한 향내와 연기 자욱한
방울소리 징소리 귓전에 맴돌고
영혼을 인도하는 주문은 허공 속에서
무속인 춤사위 위에서 맴 돌고
어디선가 육신을 떠나려 하는
사바세계를 떠날 채비를 끝 낸
영혼들의 음성이 왁자지껄하다

※ 사바세계 : 괴로움이 많은 인간세상.석가모니불의 교화하는 세계.

349

삶 3

서영도 / 2019.07.04. 06:10

꽃잎이 떨어져 날리기에
바람인 줄 알았더니
세월이더라.

세월이 강물 따라 멀리
가버린 줄 알았더니
머리와 어깨위에 얹혀 있더라.

인생이 고목처럼 부스러져
먼지처럼 날아 간 줄 알았더니
기억 어딘가에 박히어
누군가 추억의 꽃이 되어 있더라.

새벽 비

서영도 / 2018.04.23. 07:02

새벽 비는 공간을 가르며 내리고
시간은 공간을 뿌리치고 달아난다.
아무것도 없는
아무도 없는
이 빈 공간은
누구를 위한 공간이고
누가 지키는 공간이며
시간들 일까
흐르는 공간 속에서
흐르는 시간을 잡지 못하고
빗속에서 비틀대는 나그네는
신실함이 가득한 사랑의 시를
쓰고 싶은 새벽의 빗속이다

살아가는 지혜

서영도 / 2019.07.20. 03:35

세상을 잘사는 덕목 중에는
타인과 이웃을 존중하는 마음으로 사는 것이다
지위나 신분이나
가진 만큼을 보고 가진 만큼 사람을 판단하고
차별해서는 아니 된다는 말이다

상대가 누구냐에 따라
존중의 정도를 조절하는
비인간적이고 기회주의가 되어서는
아니 된다는 말이다

세상에는 줄만 좋다면 돈만 벌 수 있다면
간에도 붙을 수 있고 쓸개에도 붙을 수 있는
인간 시래기들이 점점 늘어 간다는게 슬플 뿐이다

소나기 3

서영도 / 2018.05.17. 08:00

기세등등하다.
시위를 떠난 무수한 화살촉이
허공을 가른다.
울돌목 처 들어온 삼백의 왜 척선을 향해 나아가는
성웅의 군사처럼
결의에 찬 듯 날이 시퍼렇다.
죽기로 공격하면 살 것이요
살기로 후퇴하면 죽을 것 같이
살기殺氣도 등등하게 보무步武도 당당하게
새까맣게 떼를 지어 몰려오고 몰려간다.
장군의 뇌성 일갈이 천지를 흔들 때 마다
왜놈들 겁에 질려 배안에서 바들바들 떨겠지
아 시원하다
가슴에 일던 분노의 알맹이들
켜켜이 쌓였던 찌꺼기들
한칼에 씻겨 간다.

삶과 일과 싸움의 끝

서영도 / 2017.07.05. 15:33

몸 마저 피폐해진 유통기한의 연륜을 한탄하며
허한 가슴을 채워 보겠다고
전날 친구와 우겨 털던 몇 잔의 곡주가
절인 배추처럼 바른 동작을 앗아가고 뒷골을 때리더라도
하루 종일 포터의 똥구멍이 시뻘개 지도록 밟아야 하는
운명을 한탄하는 건 아니다만
채워지지 않는 빈주머니는
가슴에 미세 먼지를 일으키며
파김치 되어 있는 몸을
검은 속세로 밀어 넣었다

하늘도 그 위쪽 선에 풍파가 있었는가?
울먹이다가 가끔 찔끔거리며
소 시민의 주머니 사정은 헤아려 주시지는 않으시려는 듯
추운 겨울 김칫독 싸매듯 싸매어
세상은 파 김치 독을 빨리 치워 주지를 않는다
늦은 전화가 오버타임 쩐 야기는 낼로 미루고
고기를 잡아주던 그물과 닻줄을 사리다보니
까만 밤은 절인 몸을 더욱 절여 주고 있었다

오버타임을 인정 하지 않겠다는 투가 전화선을 타고
화살처럼 고막 속에 박히고
고막과 연결된 우뇌 좌뇌가 움찔하더니
파르르 떨리는 파장음이 온몸으로 퍼져 간다
새벽별이 서쪽 하늘가로 기울도록 피골을 짜 주어도
수고 했다는 인사말은 고사를 지내더라도
자신의 배만 불리겠다는 권리자의 욕심덩이는 오히려
솜사탕처럼 커져만 갔다

세상 참

서영도 / 2018.03.26. 23:05

인간보다 훨씬 착한 짐승이 있고
금수보다 훨씬 못한 인간이 있었다
그래도 세상에 태어날 땐 으앙~~~
소린 질러 댔겠지?
미래에 대한 두려움과 후회가 섞인 목소리
생의 고달픔이 자신을 괴롭힐지도 모른다는
하늘에 대한 투정

그래도
제 어미와 아비가 보기엔
새하얀 백지 같은 내 새끼
그가 언제 어미 아비의 색깔을 배신하고
다른 색깔을 낼지도 깜깜히 모르면서
콩 심은데 콩이 나야 되는데
팥 심은데 콩나물이 자란 건 아닐까
하기사 장미꽃도 항상 빨간 색깔만 내지 않는다.
세월이 바뀌면서 검은 장미도 나오고 하양 장미도 나와
자기가 진짜 원조 장미라며 으르렁 댄다
입맛이 바뀌는 대로 욕심을 부리는 게

요즈음 장미꽃의 색깔 논 인가

사람들은 이구동성으로
이젠 개천이 썩어 용이 날수가 없다고
그 썩은 개천에서는 용이 되고 싶었던 미꾸라지가
용의 머리를 밟고 의기양양하게
내가 용이 아니고 무엇이겠느냐며
강물을 한바탕 흐려 놓는다
하지만
민심은 아직도 천심일까
천심은 말한다.
이 강토의 개천이 썩어가기 전
고여 있는 물은 터서 새물은 채우고
용의 탈을 쓴 미꾸라지는 모두 잡아들이라고

옛날의 실개천에 졸졸졸 풍금소리가 들리고
버들강아지 노래를 불렀건만
이슬방울로 새벽종을 울리던 옛 선비정신은 어디가고
썩은 새끼줄만 거미줄처럼 황량하게 늘어져 있는가

한심한 조국이여 어찌하여 저런 족속의 강토가 되어
가슴은 멍이 들고 허리는 동강 나 이을 줄을 모르는가
배가 터지도록 먹고도 식충이가 들어않은 버러지처럼
강토를 갉아 먹고 있으니
어찌 슬프지 않을까.
부끄럽고 천박한 족속들
진공 청소기로 모두 빨아들여 쓰레기 처리하면 아니 될까나

아버지의 손

누구를 위해 울리던 손길인가

수 길 낭떠러지 같은 인생험로에서
한 가닥 줄을 타시던 손

씽 씽 돌아가는 톱날같은 인생길에서
맨손으로 들이대던 손

무당의 작두보다 더 무시무시한 절삭기 밑에서
맨 손도 마다 않으시던 손

으스러진 뼈 여러번 추스리고
고통 속에도 무심히 참아 낸 손
그래서 마른 옥수수 등 긁이 같이
거칠어진 손

저 손이
위론 아비에 그 아비를 돌보았고
아래론 아들에서 손자로
또한 그 손자에서 증손자로 이어지는
손의 대물림은 이어져 가겠지

안부

서영도 / 2019.01.28. 06:50

하늘가엔 철새들도
무리지어 노니는데
인적 없는 산중
홀로 피는 꽃나무
속절없이 가는 계절
시새움 하는가
님 그리는 손 전화엔
잡풀들 만 무성하네.

계절의 수레바퀴 밑
따스한 바람 불어오면
종달새의 고은 노래
들을 수 있으려나
오늘도 산새들의 정담
그득히 따른 소주잔 속에
정다웠던 님의 얼굴
잔잔히 그려 보네.

어머니 2

서영도/20161126
문득 문득 생각나는 나의 어머니
그리움은 언제나 사무칩니다

찬 바람이 나뭇잎을 스쳐 갈 때에도
창가를 흔들며 투득 투득 비가 올 때도
가만히 입술 위에
당신 이름을 올리기 만 해도
언제나 따스한 털 외투처럼
가슴을 훈훈케 하는 당신에 온기
그 온기 어느새
가슴속에 일렁이는
강이 되고 바다가 되어
철석철석 바위를 때립니다

오늘도 여전히 그립습니다.
내일도 여전히 그리워 하겠죠
사랑합니다 그립습니다
놓쳐 버려 되돌릴 수 없는 시간
그 시계 되돌릴 수는 없다는 걸 알면서도
가슴속에 흐르는 강은
오늘도 당신 곁으로 흘러가고 싶습니다

희생 그리고 다음 세계

서영도 / 2017.07.03. 12:30

푸른 잎 새 시원한 줄 무늬
홍당무보다 더 투명한 빨간
부끄 부끄 한 속살
얇은 겉옷 속에 고이 감추고

미지의 세계를 향한 의식
번데기 껍질을 벗고 저
제물 처녀 이피게네이아처럼
희열이란 이름으로 파열하고자 하는
열화같은 기쁨만을 생각한다.

딱딱하고 차가운 출산의 침대
시술을 위한 시퍼런 칼날 밑에 누워
몰래 키워 온 뱃속의 씨앗들
또 다른 세상의 장도長途를 기도하며
수박은 살며시 눈을 감는다.

※ 이피게네이아 :그리스의 신화에 미케네왕 아가멤논과 클리타이미네스트라
  (Klytaiminestra) 의 딸.
  그리스 연합군 총사령관 아가멤논에게 딸을 제물로 바쳐야만
  바닷길이 열려 트로이로 향할 수 있으리라는 신탁이 떨어진다.
  그런 와중에 죽을 것을 알고도 의연하고담담하게 신전으로
  향하는 이피게네이아의 희생정신이 빛을 발한다.

수필 - 민족성民族性

2017.12.24. 10:59 제목을 달다

신채호 선생님의 수필 중에 「실패자의 신성」이란 제목으로 쓴 글에서 사람을 판단할 때 실패자를 보는 식견識見과 성공 자를 대하는 태도態度가 온당치 않음을 신랄하게 이야기 하신 대목이 있다.

즉 그러한 식견과 태도를 보면 우부愚夫의 벽견僻見이라며, 장님이 문고리 만지기식 판단이라는 것이다.

용기 있고, 물불 안 가리고, 선악의 갈림길에서 정의를 구제할 양이면 적신赤身으로 탄알 앞에서도 굴하지 않기에 몸은 만신창이가 되고, 도리어 일찍 목숨을 앗기는 경우가 허다한 시대가 있었다.

인간 세상에서는 그런 삶을 실패자라고 웃으며 깔 보는 경향이 허다하다.

반면 비굴하고 부정하게 부를 축척하고도 떵떵거리며 사는자를 성공자라 숭배하는 세상이 되어, 약게 사는 자를 쫓으려 하고 아부를 떨기도 하는데, 기실 약은 자의 행실과 행태를 자세히 들여 다 보면 대략 이렇지 않았을까 한다.

첫째 대의는 요리조리 잘도 피해가며, 눈치는 빨라 이익이 되는 대로 줄서기에 능수하며,

둘째 죽을 고비와 힘든 곳은 잘도 피하며, 위험한 곳엔 자신보다 못한 사람을 밀어 넣으며,

셋째 제 입 벌이와 제 포도청 관리는 제일로 치는 자를 성공자라 칭한다.

일제의 광폭한 침략의 소용돌이에서 벗어나 광복의 환희가 있기까지, 인생의 실패자?(성공자!!)들은 자신을 버리고 오로지 민족의 자존을 위하여 목숨을 바친 이들이 있었기에, 우리가 지금에 번영을 맞아 누리고 있는 것인데, 헌데 부의 분배는 아쉽게도, 몸과 마음을 바쳐 싸운 이들의 후손은 세상을 허덕이며 살고 있고, 성공자라는 부류의 약삭빠른 무리들은 떵떵 거리며 잘살고 있다는 것이다.

거리에 나가보면 언제 일제가 침략했었느냐는 듯이 일제 차 또는 외제 차를 타고 으쓱거리며 우쭐거리며 방방거리며 호의호식하고, 목에 깁스는 왜 했는지 비굴하고 약삭빠름을 몸소 보여주는 성공 자??(인생 실패자!!)들을 목격할 때마다 가슴이 답답하고 구토가 나오려 함은 어찌 된 일일까?

세밀히 따져보면 성공 자들이라고 일컫는 자들이 그토록 떵떵 거리는 것은, 주변의 도움 없이는 이룰 수 없는 부의 축척인데, 외제차 일제 차를 타고 다니며 호의호식하는 그들의 부는 어디서 축척한 것이며, 누구의 피 눈물인가?

예를 들어 어떤 건물을 가진 건물주는 그 건물이 세워져 있는 곳이 대한민국 영토 내의 건물이요, 그 건물에 세 들어있는 회사 사무실, 점포 등을 이용하는 대가로 이용수익 중에서 건물주에게 건물 이용 세 즉 월세를 꼬박 꼬박 내고 있는 것인데, 그 건물 세는 과연 어디서부터 전달되어 온 것이냐, 결국 그 월세는 그 건물의 점포를 이용하거나 주변에 근무하다가 이용 하거나 하는 사람들이 사무실 또는 점포주를 먹여 살리고 또한 건물주를 먹여 살리고 나아가 부를 축척해 주는 것인데,

부를 축척한 대 다수의 사람들은 그 건물을 이용해 주는 민초들의 코 묻은 돈을 긁어 모아 외제차다 일제차다, 외제, 용품들을 마구 사 주는데, 일말에 게딱지같은 가책도 없이 외세에 퍼내어 준다는 것이다. 그들이 대한민국에 태어나 대한민국의 주민증을 가지고 살면서 주변 사람들과 주변 여건을 이용해 돈을 벌고 부를 축척한 것은 뻔한 일인데. 그들에게 부를 가져다준 것은 결국 우리나라 우리 백성의 피요 땀인 것이다. 이런 조그마한 양심의 가책도 없이 의기양양 외제차 일제차를 타고 뻐기고 우쭐거리는 속물근성은 어디서부터 나오는 것인지, 그 양심을 뒤집어 해부해 보고 싶은 심정이다.

그것이 단재丹齋 신채호 선생님이 이야기한 실패자는 백보百步나 되는 큰 물을 느낌없이 건너 뛰는 자요, 성공자는 일보一步의 물이라도 느끼며 건너뛰는 자라고 하였는데 왜矮인들이 조센징 조센징 놀려대고 얼러 대다가 나중에는 일본도를 휘둘러 한국인을 마구 해치는 자들에게 굽신거리며 비굴한 성공자로 군림 하려는 것이 일부 조선인의 속물근성이 보이는 것이다.

이에 21세기 2023년의 G세대들은 그러한 속물 근성에서 벗어 나야 할텐데 작금에 팽배해 있는 유전 무죄, 무전 유죄, 압구정 시대를 격으면서 격세 지감을 느끼는 4류 시인의 한숨이 여기 한페이지에도 묻어 있음을 알아 주었으면 하는 마음 간절하며 이것이 우리의 진정한 민족성이 아니기를 바라는 마음 또한 간절하다.

※ 우부愚夫 : 어리석은 남자.
※ 벽견僻見 : 편벽偏僻된 소견所見. 한편으로 치우쳐 똑바로 보지 못하는 견해見解.
※ 적신赤身 : 벌거벗은 알몸뚱이.
　나무의 중심에 생활 기능을 잃은 분홍빛을 띠는 부분.
※ 압구정시대 : 압수하고 구속하는 몰정치 시대

수필 - 빵 이야기

서영도 / 2019.01.08. 22:45

온몸을 움츠리게 하는 겨울이 또 왔다.

거리를 걷다보면 작은 트럭에서 혹은 작은 포장마차 또는 파라솔 밑에서 빵을

구워서 판다.

요즈음엔 먹어 본지가 너무 오래 되서 한 개에 얼마 인지는 확인이 되지는 않으나 대략 주어들은 이야기를 상기하면 한 개에 500원 3개에 1000원 혹은 한 개에 1000원 정도가 아닐까?

그전에는 도넛츠, 꽈배기, 등도 많았으나 거의 사라지고 요즘엔 붕어빵과 꽈배기 호떡이 거리의 빵이라고 생각한다.

하지만 이 붕어빵이 나오면서 이 빵의 이름이 '붕어 빵'이다. '잉어 빵'이다,

또는 황금 색갈이니 '황금잉어 빵'이다, 여러 가지 낭설이 많이 있는 것으로 안다.

그리고 이 붕어빵은 일본에서 유래된 빵이다. 아니다 그렇지 않다. 라는 설이 있다.

하여 여기서 한국 붕어빵과 일본 붕어빵을 비교해 보기로 한다.

1. 빵의 이름

붕어는 일본어로 '후나'라고 발음한다. 그러면 '붕어빵'은 빵이라는 '야끼'를 포함하면 '후나야끼'가 '붕어빵' 인가? 아니다 그들(일본 인)은 '붕어빵'을

'타이야끼'라고 부른다.

왜 그들은 '붕어빵'을 '후나야끼'라고 부르지 않고 '타이야끼' 라고 부를까?

그들의 언어로 '타이'는 '도미'라고 한다.

즉 그들은 '붕어빵'을 '도미빵'이라고 부른다는 것이다.

그러면 그들은 왜 '도미빵'이라고 부를까? 하는 의문이 든다.

일본은 사면이 바다로 되어 있다.

사면이 바다로 되어있기에 어업이 발달되어 있으며, 자연히 해산물이 풍부하게 된다. 즉 민물고기 보다는 바다고기가 흔하다는 것이다.

그래서 우리에겐 미국 제품이 풍부 하던 때 속담이 있다.

즉 '썩어도 준치'라는 말이 있는데, 일본에도 이와 비슷한 말이 있다.

일본에서는 '썩어도 도미'라는 말이 있다고 한다.

그 말은 '도미'가 훌륭한 감칠 맛을 대변한다고 하겠다.

그래서 그들은 붕어빵을 자연히 '도미빵' 즉 '타이야끼' 라고 불렀을 것으로 유추해 볼 수 있다.

2. 빵의 내용

'붕어빵'과 '도미빵'(일본 '붕어빵') 많이 닮기는 했으나 똑 같지는 않다.

우리나라 붕어빵은 빵 모양이 동글동글한 것이 통통하고 귀엽게 생겼지만 죽어 굳어진 모습의 붕어를 연상한다. 고 볼 수 있다.

그러나 '타이야끼' 인 일본의 '도미빵'은 우리 빵 보다 크고 사실적 도미의 크기와 움직이는 역동성을 가지고 있다.

그리고 가게마다 모양이 일률적이지 않고 크기와 모양이 차이가 있다.

그리고 그 속 내용도 가지가지 가게마다 특성을 달리 한다고 한다.

우리나라 붕어빵도 그러한 시도가 없었던 것은 아니다.

바닐라 향 붕어빵, 치즈, 야채, 등 신종 붕어빵이 출현하기도 하였으며, 그 중 김승수(48)씨가 특허 출원한 쫄깃쫄깃하며 부드럽고, 꼬리까지 단팥이 골고루 들어있고 속이 다 비칠 듯 한 황금빛 '황금잉어 빵'이 가장 성공을 거둔 붕어빵이라 하겠다.

그렇다면 '붕어빵' 또는 '도미빵'을 어떻게 먹는 게 좋을까?

3. 빵을 먹는 방법과 성격

붕어빵을 먹는 모습에서 그 사람의 성격을 유추 해 볼 수 있다고 해서 재미 삼아 알아보려고 한다.

㉠ 머리 쪽부터 먹는 사람

낙천적인 성격인 경우가 많다. 어떤 일이던지 머리에 떠오르면, 넣어두지 않고 쉽게 말하고, 그런 반면 빨리 뜨거워지면서, 쉽게 식을 수 있는 냄비와 같은 성질을 가지고 있다고 할 수 있다고 한다.

㉡ 꼬리 쪽부터 먹는 사람

사소한 것도 놓치지 않고 신경을 써주는 로맨티스트이고, 플라토닉 러브를 동경하는 경향이 있으며, 멋쟁이 타입이다. 그러나 남의 기분이

나 사랑에 둔감하기도 하여, 모르는 경우가 있고, 신중을 기하는 타입이므로 실수를 범복 하지 않는 타입이라고 할 수 있다고 한다.

ⓒ 배 쪽부터 먹는 사람

혈액형 0형의 타입으로 남성적이며 적극적이므로 스포츠맨이나, 정치가들이 많다.

누구와도 친향적이고 주위에서는 신뢰를 많이 받으며, 부탁하면 거절을 못하는 성격이므로 주의가 요망된다.

여자는 여자끼리라도 인기가 많고, 남성과 대등한 행동을 하기도 한다고 한다.

ⓔ 등지느러미 쪽부터 먹는 사람

매우 신경이 날카로운 성격으로 신경질 적이며, 어리광 쪽이다.

이 타입은 외동이거나 막내에게서 많이 나타난다. 여러 사람과 어울리는 것 보다는 책을 읽거나 TV 보는 것을 좋아하며, 상냥하고 동정심도 있어 동물을 좋아하기도 한다고 하며, 눈물도 많고 미적 센스를 갖춘 경우가 많다고 한다.

ⓜ 반으로 잘라 꼬리부터 먹는 사람

예의가 바르고 신중한 사람들이 많다.

여성적 인 성격으로 여성이 많으며 선생님이나 부모로부터 착한 아이라고 불리기도 한다.

그러나 새로운 것에 대한 도전에 용기가 부족하며, 착하게 노력해 가는 타입으로 차근차근 저금해 가는 노력 형이고, 합리적인 타입이다. 라고 한다.

ⓑ 반으로 잘라 머리부터 먹는 사람

남성에게서 많이 나타나는 성격으로 의지가 강하고, 한번 맘먹으면, 끝까지 해 내려는 의지의 소유자이다.

스포츠 적 활동가이나, 금전적으로는 조금 쩨쩨하게 구는 타입이며, 빌려주거나 빌리는 것을 싫어하며, 여성의 경우 지나칠 정도로 까다롭게 나타나는 성격의 타입이다. 라고 한다.

4. 내가 먹어본 첫 빵

내가 처음 빵을 대한 것은 어린시절 아버지가 사주신 빵이었다.

돌이켜 생각하면

아마도 그때가 1958년이나 1959년 즉 4살 – 5살 때 이었을 것이다.

아버지가 장에 가신다고 하여 4-5살짜리 꼬맹이였던 내가 따라 나섰다.

걸음은 아장아장 이었을 것이고, 아버진 그것이 귀엽고 사랑스러워 나를 앞세워 10리길의 장을 보러 나서신 것이었는데, 중간에 언덕길을 아장아장 걸어가다가 그만 돌부리에 걸려 넘어지고 말았다.

넘어지면서 얼굴 한쪽을 쓸어 버리다보니 아마도 내가 소리 내어 울어버리게 되었나 보다.

아버지께서는 나의 울음을 달래고 그치게 하기 위해 10환을 주시며, 빵을 사먹어 보라고 하였던 것.

장에 도착하자마자 빵 가게에서 빵을 사려고 하였는데, 10환을 내미니 빵을 하나만 주고 거슬러 주시는데, 그때 기억으로 빵을 다 사면 10

개를 준다는 것이었다.

즉 큰 단팥빵 하나에 1환 이었던 것이다.

나는 신이 나서 빵을 2-3개 더 사먹었던 것으로 기억 한다.

그렇게 난 얼굴이 깨져서 아픈 것도 잊고 빵을 맛있게 먹었던 기억이
난다.

나로서는 생애 첫 빵에 대한 기억과 아버지에 대한 기억 한점이 오롯
이 남아 있었던 것.

가끔 빵 가게에서 옛날 빵 모습을 대하면 불현 듯, 이 기억이 나면서
옛 기억 속으로 빠져들곤 한다.

그리고 아버지가 몹시도 그리워진다.

나는 초등 4년, 그때 나이 11 살적에 아버지를 여의었다.

아버지의 기억과 추억은 여기서 더 이상의 진전이 없기 때문에 더욱
그립고 가슴이 아픈것이다.

그래서 빵 이야기의 기억을 짧은 글이나마 써 놓고 싶었다.

결국 오늘에 이 이야기를 써 보았으니 넓은 이해와 아량으로 읽어 주
시길......

2019년 01월 19일
서 옥동의 아들 서 영도 〈아버지와 빵〉

수필 - 책임과 문지기

서영도 / 2017.12.20. 03:00

옛 고사성어古事成語에 문경지교刎頸之交는 말이 있다. 사기史記에 전하여 오는 말인데, 중국 진 나라 강성 시절 주변 국으로 조 나라가 있었다. 진나라 왕은 조 나라의 영토 중 다섯 개의 성을 빼앗으려고 호시탐탐 했다.

그러나 조 나라 신하 중에 인상여가 화씨벽和氏璧이라는 진귀한 구슬을 들고 진 나라 왕과 담판하여 다섯 성을 구하였다.

어느 날 국경에서 진 나라 왕과 조 나라 왕이 국경에서 부딪쳤는데, 진 나라왕은 조 나라 왕에게 나를 위해 거문고를 타 달라. 하여 조 나라 왕이 거절치 못했다.

진 나라 왕은 사관에게 "이 사실을 적어 기록하라." 고 명령했다. 조 나라 왕이 수치스러움에 얼굴이 벌겋게 달아 오르자 조 나라 신하 인상여가 앞으로 나서며 말했다.

"예禮라는 것은 주고받는 것입니다. 우리의 조왕을 위해 진왕도 축筑 한곡을 타 주시죠!"라고 청을 하였다. 그러자 진왕이 노하며 호통을 쳤다.

"내가 조왕과 노는데 무엄하게 무슨 짓이냐?" 인상여는 그 틈에 비수를 꺼내 들어 진왕의 목에 들이대며 소매를 움켜쥐었다.

"대왕께서 군사 수십만이 있다 한들 나 인상여가 피로서 대왕의 옷을 적시겠습니다."

진왕은 별 수 없이 거문고를 들어 축을 탔고 그 후 큰 탈 없이 진왕이 돌아갔다.

회합을 마치고 돌아온 조왕은 인상여의 공이 크다 하여 상경上卿에 임명하였다. 그러자 조나라 대 장수 염파가 조왕에게 말했다.

"나는 조나라 장수로서 전쟁 때마다 큰 공을 세웠다. 그러나 인상여는 겨우 입과 혀를 놀렸을 뿐인데 지위는 나보다 높다. 게다가 인상여는 본래 천한 출신이니 나는 부끄러워 도저히 그의 밑에 있을 수 없다. 내 인상여를 만나면 기어코 모욕을 주리라."

하며 다녔다. 그 말을 전해들은 인상여는 되도록 그와 만나지 않으려고 했다.

조회에도 염파가 나온다면 병을 핑계로 나가지 않았고, 염파가 멀리 보이면 피해서 숨었다. 그러자 가신들이 하나같이 인상여에게 말했다.

"신들이 상공을 모시는 것은 상공의 높으신 德(덕)과 義(의)로움 때문입니다. 염파 장군과는 서열이 같으면서도 염 장군이 상공을 모욕하고 다니는데도 두려워하며 피하고, 지나칠 정도로 두려워 하고 있습니다. 이는 보통 사람들도 부끄러워하는 일입니다. 하물며 장군이나 대신들은 어찌 하겠습니까?

못난 저희는 이만 상공을 하직하고 물러나고자 합니다."

이때 인상여는 그들을 만류하며 말했다.

"그대들은 염 장군과 진나라 왕 중 누가 더 무섭다고 생각하오?"

대신들이 깜짝 놀라며 대답했다.

"그야 물론 염장군은 진나라 왕을 당할 수 없습니다."

"나는 진나라 왕의 위세에도 불구하고 조정에서 그를 질타하고 그의 신하들을 모욕했소. 내가 아무리 노둔하다 할지라도 염 장군을 두려워

할 리가 있겠소? 하지만 우리의 지금 사정을 살펴보면 강한 진나라가 조나라를 함부로 공격하지 못하는 것은 오직 우리 두 사람이 있기 때문이오, 만일 지금 우리 두 호랑이가 서로 다투게 되면 조나라는 무사하지 못할 것이오. 내가 염 장군을 피하는 것은 나라가 위급함을 먼저 생각하고 개인적 서운함이나 원한은 뒤로 돌리자는 것이오."

차후에 이 말을 전해들은 염파는 인상여의 문 앞에서 머리를 조아리며 말했다.

"더럽고 천박한 인간이 상공께서 이토록 큰 뜻을 두고 너그러우신지 미처 몰랐소."라며 사죄하였다.

이후 두 사람은 화해하고 더욱 견고한 교분을 나누었는데, 목이 잘리는 일이 있어도 후회하지 않는다며 문경지교刎頸之交를 맺었다 한다.

나는 친구들보다 한 일 년 정도 늦게 군대를 갔다. 그때가 1976년 2월 10일 입대하였다.

기초 훈련을 약 석 달마치고 자대 배치되어 최전방 민통선 안 포병부대에서 근무를 했다.

포병들도 유사시를 대비해 정기적으로 포 배치, 포사격 훈련을 나가는데, 나는 그때 훈련에서 제외되어 자대를 지키는 병사로 남았다. 남은 병사가 몇 명 안 되는지라 한번 근무를 나가면 약 4시간을 보초근무를 서야했다. 마침 그때 부대에서 조금 동 떨어져 산속에 있는 탄약고 근무를 명 받았는데, 밤 시간에 그것도 혼자서 탄약고 보초를 4시간 설 생각을 하니 겁도 났고, 또한 적적한 생각이 들어 소주 두병을 수통에 부어 가지고 올라갔다. 교대를 하여 콧노래도 흥얼거리다가 소주를 홀짝 거리기 시작했다. 사실 보초 근무자가 술을 마신다는 것은 걸리면 바로 영창 감이었다. 그렇게 수통 소주를 거의 다 비워도 4시간은 좀처럼 흘러가지 않았다. 그러다 보니 나는 이미 취해 있었고 탄약고 문에 기대어 앉아 흥얼거리며 고향생각과 친구들 생각 등 여러 가지 생각에 젖어 있었다. 그때 인기척이 나서 정신을 차리고 총을 겨누며, 구호를 외치니, 다름 아닌 주번 상사님의 순찰이셨다. 정신을 차리려고 애를 썼지만 주번상사님은 내가 이미 술을 먹었다는 것을 감지하고 닥아 오셔서

"너 근무 중인데…. 술 먹었구나? 이제 한 30분만 더 있으면 되는데, 안 되겠다. 너는 내려가라 내가 나머지 시간 근무 서 줄 테니,"

나는 호되게 야단 맞거나 잘못하면 영창 갈 줄 알았는데, 그렇게 말씀하시니 그만 당황해서

"사 상사님. 정말 죄송합니다. 밖에 근무는 해본지가 오랜만이라 추워서 그만."

"알았어, 임마. 누가 보기 전에 빨리 교환대 가서 잠 좀 자둬, 술 깨게."

사실 나는 교환대 교환 근무자였기 때문에 외곽 근무는 해 본지가 약 1년여 이상이 되었기 때문에 많이 낯 설고 힘이 들었던 모양이다.

나는 황송해서

"당백! 감사합니다, 주번 상사님."

하고 인사하고 내려와 잠을 잤는데, 지금도 그 일을 회상하면, 얼굴이 화끈거리고 상사님이 너무 고맙고 감사하는 마음이 생기며 그냥 그가 그립다.

그런데 이런 저런 생각을 떠올리게 된 것은 우리 집 문 앞 파수꾼 때문이다. 저녁때든 점심때든 언제든 들어오면 문 앞이 늘 컴컴해, '어떻게 하지' 하다가 자동 센서 등을 하나 사다가 달았다.

처음 얼마간은 센서가 잘 작동해 문만 열면 환하게 문 앞을 비춰 주

어서,

"이 녀석 꾀 쓸 만 한데?"

했었는데 얼마간 시간이 흘러가니 제멋대로가 되었다. 어느 때는 잘 켜지다가도 어느 때는 영 안켜지므로 불만이었다. 일만 오천 원이나 주고, 말 잘 듣는 센서 등 이라 해서 사다 달았는데,

해서 언젠가 노래자랑에서 타온 소형 등이 있었는데, 어디든 휴대가 가능하기 때문에 센서 등 대신 대용으로 쓰고 있는데, 어느 날인가부터 센서가 여간 잘 작동하는 게, 문 앞에 불이 아주 잘 들어온다.

그때마다 '이 녀석 근무 중 이상 무로구만.' 하면서 고소를 금치 못하며, 속으로 흐뭇했는데,

그 옛날 지혜와 용기로 조나라 자국을 지키려 했던 인상여와, 약간 우둔했지만 충직하고 든든했던 염파장군, 그 와중에 술을 먹고 보초 근무를 등한 시 했던 나, 그리고 우리 집 문 앞 문지기 파수꾼 센서 등, 모두가 지키는 자로서 자신의 맡은 일이나, 나라를 지키는 근무 면에서 완전 무결하게 지켜내야 하며, 누가 뭐라 하던, 어떤 어려움이 있어도 책임은 완수 하는, 굳은 맘이 있어야 나라 또한 지킬 수 있지 않겠나, 하는 마음이 든다. 그리고 지난 날 나의 초병 근무시간의 잘못을 뼈 아프게 후회하며, 이글을 보는 사람들은 나와 같이 자신의 책임을 다하지 못하는 우를 범하지 않았으면, 하는 마음으로 글을 채웠다.

현재 남과 북이 서로의 신념을 빌미로 대치하고 있는 국면에서, 이러한 근무 자세는 더욱 중요하지 않겠나 하는 생각을 해 본다.

※ 문경지교 : 刎(목벨 문) 頸(목 경) 之(의 지) 交(사귈 교). (刎頸之交)
　　서로를 위해서라면 목이 잘린다 해도 후회하지 않을 정도의
　　사이라는 뜻으로, 생사를 같이할 수 있는 아주 가까운 사이,
　　중국 전국 시대의 인상여藺相如)와 염파廉頗의 고사에서
　　유래하였다고 함.

※ 화씨벽(和氏之璧[화씨지벽]) : 화씨가 발견한 구슬이라는 뜻으로,
　　천하명옥天下明玉의 이름.

※ 상경上卿 : 높은 벼슬.

※ 축筑 : 거문고와 비슷한 악기로 거의 거문고와 흡사.

※ 당백 : 21사 군인들 인사 구호로서 단결이나 필승이나 같은 구호,
　　군사 한 명이 백 명의 적을 무찌르고서야 전사한다. 는 뜻

수필 – 아! 아버지, 어머니

서영도

1. 원 고향

내가 태어나기 전, '나'라는 인간의 씨가 있는지도 없는지도 모르는 즈음, 할아버지와 할머니는 어린 아버지 형제(아버지와 삼촌)와 고모 (조안고모, 동막고모. 한분 고모는 고향에 두고 옴) 두 분을 이끌고

서 씨들의 원 고향인 충청도 옥천군 군내면의 고조 할아버지와 할아버지 형제의 그늘을 벗어나 아무것도 안 들고 무작정 한양으로 상경 했다고 합니다.

도시로 상경은 했으나 할 일이 없는 할아버지 할머니는 대 바구니, 대 조리, 가루를 치는 췌 등 나무로 만드는 수공예품을 손수 만들어 팔며 한양을 전전 했다는군요.

수공예품을 팔기 위해서는 한양만 도는 게 아니고 경기도 일대를 돌아 다녀야 했답니다. 그렇게 돌아 다니다가 도착한 것이 경기도 양평군 (현재는 남 양주군 조안리)에 안착 하게 되었는데, 그곳에 안착하게 된 이유는 아들 둘과 딸 둘을

데리고 이동네 저동네 다니다 보니 딸 두분이 십사세 십육세 정도 되었을 때였는데 마침 조안리 박씨 집안에서 딸을 달라는 이야기가 있어서 였답니다.

그래서 첫째 고모(조안고모)를 박씨네 땅 부자집에 시집을 보내고 그곳에 조그만 집을 짓고 정착하게 되었다는 군요.

2. 나이 찬 형제들

아버지(첫째 아들)는 첫째 고모보다 세살이 많았으니 십구세 정도 되었을 무렵이었고, 아버지도 그 곳에서 고아(소녀)이면서 아버지 보다 한참 아래인 박씨 집안에서 거두던 한 소녀, 어머니를 만났습니다.

사실 나중에 어머니로부터 알게 된 이야기지만, 어머니가 아주 작은 아이였을 때, 6.25난리 통에 집과 가족 모두 잃은 고아 아이였던 것을, 박씨 집 어느 가정에서 거두어 수양(충청도 사투리 시영 딸) 딸로 삼았기 때문에, 자신의 가족이 정말 박씨 인지 무슨 성인지, 어느 누구 집 딸인지, 아무것도 모르고 박씨 성으로 고쳐져서 살아온 아이였다고 합니다.

그렇게 정착한 박씨 부족이었던 조안리 조동, 그 곳 아무 연고가 없는 무연고 땅에 집을 짓고 정착하게 되었고, 작은 고모는 동막골 한씨 네로 시집을 가게 되었습니다. 그리고 작은 아버지(아버지의 동생)는 양평 국수리 처녀를

얻어 저금(따로 나다)을 났습니다.

3. 착하고 부지런한 부부

천성이 부지런하고 착했던 아버지는 어머니와 열심히 일을 했고, 억척스럽게 한냥 두냥 모은 돈으로 중 송아지를 사서 애지중지 길렀습니다.

중 송아지가 황소가 되는 꿈을 꾸면서 말이죠, 아버지는 남의 농사(사둔 댁 박씨 촌) 품을 팔고, 남는 시간은 산에 올라가 화전을 만들고, 장작을 만들어 지고 내려와 장에 져다가 팔고, 숯을 만들어 팔고, 어머니는 떡을 만들어 팔고, 묵을 만들어 파는 등, 두 사람은 돈이 될 수 있

는 일은 무엇이든 뼛심을 들여 열심히 일 했다고 합니다.

그러던 어느 날, 천성이 부지런하지 않고, 노름을 즐기던 동생(작은 아버지)이 새벽에 찾아와

"형님 죄송하지만 이 소는(중 소가 황 소가 됨) 제가 좀 쓰겠습니다."

하고 소를 끌고 갔다고 합니다. 새벽녘에 갑자기 들이 닥쳐 소를 끌고 가는 동생을 나무라지도 못하고 두 사람은 눈물만 주룩 주룩 흘리며 바라 볼 수 밖에 없었다고 합니다.

아버지 어머니는 내 위로 누나 두 명과 내 형인 아들을 낳았었는데, 그 형님은 갓난 아이 적 일찍 돌아 가셨다고 합니다. 그 다음이 나와 내 여동생 남동생 두명, 원 칠 남매인데, 형님이 일찍 돌아가셔서 육 남 매 중 셋째로 나는 이 집안의 억지로 운명의 장남이 되었던 거지요.

그러던 중, 할아버지는 내가 태어나기 전 돌아가셨기에 기억이 거의 없고, 할머니는 내가 두세 살 갓난 아이 적, 어리 디 어린 나를 업고

"우리 여러도(영도) 착한 여러도(영도) 잘도 잔다, 잘도 잔다."

하시면서 옆집 뒤 곁(우물이 있었고 개나리 숲이 시원했던 것으로 기억 함)을 서성거리시던 할머니의 따스하던 등의 체온이 지금도 아련 히 생각납니다.

그리고 돌아가신 기억은 나지도 않네요. 그래서 더 많이 그립기만 합 니다.

4. 아버지의 운명

그럴 즈음 젊은 아버지는 명석하고 목청도 좋아 소리(歌)도 많이 알 고, 노래 가락도 잘하는 소리꾼으로, 이 동네 저 동네, 잔치면 잔치, 상

喪이면 상喪, 당한 집에 초청을 받아 선 소리꾼으로 활약을 하신 덕에 근처 동네에서는

모르는 이가 없을 정도였답니다. 덕분에 잔치나 상 당한 집에 가면

"서옥동이 아들 왔구나, 어서 오너라 이리와 막걸리 한잔하면 떡하나 주지....." 하면서 놀려 대던 아버지 주위 분들이 기억 납니다.

그러한 소문으로 인해서인지, 어느 날 진짜 소리꾼(사당패)들이 일부러 아버지를 찾아왔는데, 아버지께

"모든 일을 접고 우리와 같이 팔도를 다니며 소리꾼으로 나서지 않겠느냐."고

권 했으나

아버지는 주렁주렁 아버지 당신을 기둥처럼 믿는 소녀 아내 박분녀와 박씨네와 한씨네로 시집간 고모들과 토끼 같은 아들 딸들이 눈에 밟혀 소리꾼들을 도저히 따라가지 못했다 합니다.

아버지는 그 후에 술을 자셔서 거나해 지시면,

"내가 그들을 따라 갔다면 내 운명은 어떠 했을까?" 하는 독백을 하시곤 하셨습니다.

지금도 그 생각을 하면 가슴이 먹먹해 옵니다. 목청이 좋아 노래를 좋아하는 아버지의 운명이........

아마도 지금의 제 목소리(우리 형제)는 아버지를 탁한 증거인 듯합니다.

사실 저도 종일 노래를 해도 잘 쉬지 않는 목청이거든요.

5. 운명에 순응

아무튼 그럴 즈음,

아버지는 산에 오르셔서 산을 깎아 고구마, 감자, 보리, 조, 등을 심어 겨울 양식을 했던 거지요.

다음 쪽에 『아버지의 하루』라는 시는 아버지가 땅이 없어 화전을 힘들게 일구시던 모습을 떠올리며 적은 시입니다.

아버지는 저의 어린 시절 어머니와 큰누나와 나를 데리고 화전 산판하는 곳을 데리고 갔는데, 나는 너무도 어린 1-2살 적 이었으므로, 넓직 한 멍석 바위에 앉혀 놓고 세 분은 열심히 밭일 하였던 모양입니다.

바위 위에 앉아서 놀던 나는, 한창 옹알이를 하며 말을 배우던 때였는데, 아마도 그 시절이 선거 철 이였던 모양입니다.

동네 스피커에서 흘러나오는 유세 소리를 따라 하며 놀았던 모양입니다.

"아, 아 유권자 여러분 안녕하십니까? 아, 아 유권자 여러분 안녕하십니까?

나는 기호번호 00번 아무개입니다."라며

혼자서 떠들면서 놀았던 유아였다고 합니다. 식구들은 그런 저를 보시고,

"어떻게 저 소리를 듣고 따라서 하는지? 저 어린 것이......"라면서 대견해

하시며 힘든 것도 잠시 잠깐 잊고 웃으셨답니다.

하여 우리 아버지 어머니는 어디 내 놓아도 남부럽지 않을 부지런함과 착함, 그리고 명성은 없었지만, 동네 일대에 유명한 선 소리꾼으로서, 인생의 성공을 거둔 분으로 늦었기는 하나 깊은 존경의 마음을 보내고 싶습니다.

이후 이 두 분은 끈질긴 내핍 생활로 옆 동네 능내리 봉안에다가 농

토를 약15000평 소유하게 되었고 윗방에는 쌀을 항상 2-3드럼통 쟁여 놓고 사셨습니다.

때늦은 감이 있지만 늦게나마 부모님께 감사의 마음을 전해 드려 봅니다.

하여 부끄럽지만,

아버지께 바치는 헌시獻詩로 그 시절 아버지가 운명에 도전하는 고된 모습을 떠 올리며 〈아버지의 하루〉라는 한편의 글을 써 보았습니다.

오늘

서영도 / 2018.10.15. 20:20

오늘 하루 최고는 아니더라도 최선을 다 하자며
악으로 깡으로 버티며 달리고 또 달렸다
친구들과 떠들고 웃고 여행 계획도 세우며
이것이 인생이야 라고 생각하며

헌데 가슴속에선 왜 이리 바람이 시려울까
나를 괴롭히는 것이 무엇이기에
나를 힘들게 하는 것이 무엇이기에
이토록 허전하고 쓸쓸하고 아프게 하는 걸까

홀로 더 외롭고 더 쓰라리고
더욱 더 차디찬 눈보라 속에 몰아 세워라
끝은 분명히 있을 것이고
그 끝에서 따듯한 진심으로 다가가는
백지처럼 하얀 이야기의 주인이고 싶다

아버지의 하루

서영도 / 2017.07.16. 08:24

새벽 여명黎明을 여는 운명처럼
봉초 담배 가득 말아
여물 솥에 군불 때 듯 불을 붙이고
바다처럼 검고 시퍼런 하늘 올려 다 보며
새벽바람 냄새 속에
비바람 마른바람 감지해 본다.

오늘은 화전 산판에
막바지 큰 싸움이 벌어지는 날
덩치 큰 소나무 갈참나무 밤나무
여러 덩치들과 한판 씨름을 해서
기필코 거꾸러 트려야
산속 화전 밭 뙈기가 당신 밭이 된다.

그 덩치들 모두 해 치우고
그 것들 모두 거꾸러 트려야
내 부모와 내 아내와 내 아이들
이밥은 아니더라도
조밥에 감자 고구마라도 배불리 먹일 수 있다.

아마도 하루 해 걸음은 족히 걸리겠지

그 모든 싸움이 끝 난 후엔.......
생각만 해도 입에 침이 고인다.
시큼해진 파김치와 절인 오이지 숭숭 썰어
우물 속 깊숙이 신주 단지 모시 듯 담가 놓은
숙성된 탁 배기 단지를 건져 내어
종일 수고한 고된 몸을 아내와 함께 추슬러 봐야겠다.

오케스트라

서영도 / 2017.08.20. 07:40

무대는 오르고 조명이 번쩍였다

멘트는 섬뜩할 정도로 우렁찼으며
오케스트라의 연주는 완벽에 가까웠다

관객은 실눈도 못 뜬 채 감상에 젖었고
연주 중간 중간 우레와 같은 박수는
가슴을 벅차게 울렸다

연주가 끝날 즈음
아쉬움이 창가에 묻어나며
소낙비는 가랑비로
어스름 새벽도 물러갔다

오색 무지개 꿈은 흩어지고
구름 또한 제 갈길로 떠났다

인생

서영도 / 2017.04.25. 05:50

새벽 찬 공기 온 몸으로 받아내며
수렁같이 깊고 얼음장처럼 차가운
삶의 긴박한 현장 속으로
모래알처럼 스며든다.

산다는 것이 살아 있다는 것이 무엇이건데
콧날 시큰거리는 슬픔으로 닥아 오나
이대로 녹아 내리기 싫다는 존심이
가슴 밑바닥 용암이 되여
부글부글 격정으로 불꽃이 된다.

부서지는 바다의 포말 같은 덩어리들
오늘도 파도 따라 바윗돌에 부대끼며
온 몸으로 세상과 부딪치며
철철 피 흘리며 흘러를 간다.

연어

서영도 / 2018.02.08. 08:00

인생 또한 연어의 삶과 또 얼마나 다를까?

어쩌다 생명 얻어
음침한 치어의 계곡을 지나
망망 대 해도 갔었다.
성공이라는 경쟁에 나가
당당히 승부에 집착도 해봤다.
하지만 아무리 몸부림 친들
넌 신이 아닌 한 마리 연어
힘에 부친 세상
고향이 자꾸 눈에 걸린다.
파종의 계절에
사랑 그 하나를 위해
쏟아 낼 한 뭉텅이의 정렬
그것들이 걸린다.

고향으로 가자
내 어린 추억과 어느 시절 행복이 빛나던 곳
고향에 가면 스스럼없이
내 육신 넘겨주리라

그리운 물결의 추억만 남기고
흐르는 눈물은 냇물에 지우리
가리라 떠나가리라
아득히 먼
우주의 어느 구석진 계곡이던
어느 한적한 바닷가 모래톱이던
세월이 무수히 흐른 뒤
내 발자국 거기 남아 있지 않더라도
내 슬픈 치어의 기억들과
아련한 연어의 추억들이
하얗게 지워져 있더라도

연緣

서영도 / 2018.12.03. 10:40

연이란 것 중에는
필연과 악연이 있더란다
자신도 모르는 사이
기이한 생의 경로도 모르는 채
이생에 발을 담그게 되고
이어지고 맺어지고 연결되어
세상과 인간과 사물과 연을 맺고
자신의 명을 살게 되며
후엔 또 다른 연을 찾아
이 생에서 길을 떠나게 되겠지

보이지 않는 연의 울타리 속엔
스쳐가는 연이 있고
이어지는 연이 있으며
오랜 동안 함께하는 연이 있다
우린 그 연을 필연이라 한다.

그 필연이란 것 중에는
부모 자식의 연

형제의 연
부부의 연
친구의 연
사물의 연들이 있다
이 많은 연 중에
진정 악연은 만들어지지 말기를

내 인생의 오춘기

서영도 / 2017.04.14. 16:50

1. 오 춘 기
누가 날 더러 떨어지는 낙엽이라 했던가요
누가 날 더러 유통 기한 넘은 고물덩이라 했던가요
(노목개화 심불로, 노목개화 심불로)
누구나 한번은 푸성귀처럼 싱싱하던
사춘기 시절이 있었지
(노목개화 심불로, 노목개화 심불로)

2. 오 춘 기
껍데기야 지금은 색 바랜 낙엽이라지만
알맹이 꽉 들어 찬 탐스런 과일처럼
(노목개화 심불로, 노목개화 심불로)
내세를 기약하는 씨앗으로 남더라도
아직까지 마음이야 시퍼런 사춘기란다
(노목개화 심불로, 노목개화 심불로)

(후렴)
  오 춘 기
지금 이 순간이 내 인생의 제일 젊은 날

오춘기 넘어 육춘기로 세월은 자꾸 흘러 흘러가지만

(노목개화 심불로, 노목개화 심불로)

웃으면서 꽃 피우리 다시 또 꽃 피우리라

(노목개화 심불로, 노목개화 심불로)

※ 노목개화老木改花) 심불로心不老 :매월당 김시습선생이 어렸을 때 정승이
　내가 늙었으니 '노'자를 넣어서 시를 지어보라 했더니 잠시 생각에 잠겼던
　어린 김시습이 "노목개화 심불로"- "늙은 고목에 꽃이 피었네 마음이 아직
　젊기 때문이다"라고 지었다 합니다.

울돌목

서영도 / 2017.09.09. 13:00
1597년 명량대첩. (421년 전)
축제 일정 : 매년 9월 8일(金), 9월 9일(土), 9월 10(日)

한산 섬 밝은 달은 시름에 잠겨
가시 잃은 장미처럼 낯빛이 차갑구나.
억년을 지켜온 배달민족 다도해협
핏빛어린 울돌목 파발마
시방도 쟁쟁하게 파도속에 묻어나네.

정화조 거스른 친일 잔해 적폐들이
살모사 고개 들어 붉은 혀를 놀려 대며
붉은 피 많은곳에 빨대 깊이 꽂아 놓고
민초들의 혈세를 쪽쪽 빨아 대니
국운은 파탄되고 통일도 멀어지네.

십여 척 단신으로 왜놈의 배 백삼십삼 척 맞아 싸운
장군의 시퍼런 칼을 나에게 쥐어 주오
일휘소탕—揮掃湯 깊게 새긴 장군의 긴 칼로
살모사 혀를 잘라 민족정기 정화하고
살모사 목을 베어 통일 대도 가리라

※ 장군께선 1545년에 태어나셔서 1598년까지 사셨어요...
그러니깐 54세까지 사셨지요...
1592년 9월 부산포해전
1593년 삼도 수군 통제사
1596년 백의종군
1597년 9월 명량대첩
1598년 11월 노량해전에서 전사.
일휘소탕 혈염산하一揮掃湯 血染山河 : 단칼에 더러운 무리를 깨끗이 쓸어
버리니, 산과 강물이 핏빛으로 물드는구나.
이 名文은 이순신 장검에 새겨진 글이다.

울지마라 대한민국 (Don't Cry KOREA)

서영도 / 2019.10.15. 02:15

우린 지금 어디에 있는거냐
어디 쯤에 와 있는것이냐
아직도 망망 대해 밤의 한 복판에서 길을 찾고 있는거냐
보일 듯 보일 듯 한치 앞도 안 보이는
거짓과 농단壟斷으로 빛을 가리는
욕심의 무리들이
주 예수께 가시 면류관 씌우려 덫을 놓고 있구나
아프지 않을 거라며
이 길이 에덴으로 가는 동쪽 길이라며
달콤하고 고소한 참기름 들기름을 바르듯
양 같은 목소리와 미소로 홀리고 있구나

하지만 이젠 더 이상 속지 않는다.
우리의 이상의 눈을 더 이상 멀게 하진 못한다
한 조각 빵을 훔쳐 평생 도망자로 살아가던 장발장처럼
우린 진정한 자유와 평화와 정의가 필요하다
민초는 알고 있다 장발장이 죄인이 아니라는 것을
민초들아 깨달음의 언덕을 뛰어 넘어
새벽 길로 나서야 한다

닭 모가지를 비틀어도 새벽은 오는 것처럼
새벽을 향해 각혈을 토하듯 분노의 울음을 울자
조국을 위해 우린 시퍼렇게 깨어나야 한다

아무리 짓밟고 또 밟아도
푸르른 저 하늘을 꿈꾸는 잔디처럼
자유와 평화와 진리와 정의와 사랑을 위해
백성들이여 일어서라
뜨거운 눈물 두 주먹으로 훔쳐 버리고
선열들이 피를 뿌리고 살을 저미어
목숨과 바꾸어 쌓아 놓은 다보탑과 석가탑
조국을 위해 두손 높이 들고 만세 불러라
그리고 그날을 맞아 활짝 웃어라 대한민국아
Don't Cry Korea   Don't Cry Korea
사랑과 문화가 싱싱하게 살아있는 나라가 여기에 있다
우리 모두의 대한민국이........

※ 농단壟斷 : 교묘한 수단으로 어떤 물건을 독점을 하다.

의식의 저편 1

서영도 / 2018.01.20. 01:20

나의 존재조차 의심하던 의식 없는 의식의 저편
별들은 우주의 한편을 담당한 존재로 나를 유혹하고
은근하고 포근하게 다가오던 달빛은
실체가 없는 존재를 설레게 한다
거부 할 수 없는 유혹은 봄을 가져와 세상의 모든 존재의
움추림을 움트게 하려 불어주는 바람의 존재 같은 것
그 바람을 만들어 낸 또 하나의 존재
태양은 존재 없는 존재를 이끌어 준 존재이었나

존재가 아닌 존재 속에서 새로운 탄생과 그 기운 만을 가지고
어딘지도 모를 경주의 돌파구를 향한 여행은 계속 되었다
신성한 존재가 되기 위한 존재로서의 인정받기 위한
신의 계시를 받은 자의 의식 만을 기대하며
이생을 향한 도전장을 내 밀었다
도전장의 완전한 주자가 되어 출발선에 섰을 땐
도전자들이 수도 없이 이전투구泥田鬪狗 하고 있음을 깨닫고
이 생을 향한 무모한 도전에 전력을 다 하리란 다짐만을 새겼다

드디어 출발선의 흥분은 고조를 넘었고

숨이 막힐 만큼 황홀한 질주 속에서
오로지 승리만을 위해 몸부림을 쳤다
기진맥진 할 즈음 승리의 관을 느낀 것은
전생의 꼬리가 잘리고 새로운 반쪽을 만나
당사자가 된 것을 의식 만으로 느낀 때였다
감격으로 울고 싶었지만 울만한 눈도 없고 눈물도 없었으니
참았다가 눈물 샘이 만들어 진 후 실컷 울기로 했다
이 후 10월이란 세월이 흐른 후 참았던 울음을 터트렸다
이 생의 첫 찬 바람이 느껴져 몸서리를 쳤다
아마도 오줌을 쌌을지도 모른다

※ 이전투구泥田鬪狗 : 진 흙탕에서 싸우는 개, 자기의 이익만을 위해 싸움함.

인간의 도道

서영도 / 2019.03.03. 01:10

1919년 3월 1일 그날의 피로서 지른 함성과 우리 동포가
일제에 겪은 찬탈의 압박과 핍박의 원한을 되새기며

찬탈의 도를 넘어
인간이기를 거부했다
존엄을 짓밟기를
짐승 이빨을 능가 했다
베고 유린하고 겁탈하고
유린하다 못해
길바닥에 무덤을 만들어
밟게 했다
그런 자손들이
어찌 잘 되기를 바라며
어찌 고개를 하늘로
들 수 있단 말인가

하늘은 그 때도
잠을 자더니
아직도 잠이 덜 깬
유일 신이던가

가슴이 찢어지고
온몸은 선혈에 젖어 홍건한데
이 사무친 원한 이 피의 사무침을
그들은 어이 감당할거나
아직도 풀리지 않은 이 한의 덩이들
대를 이어 파도처럼 철석이는데
언제 어느 미래에 이 한을 풀어 헤쳐
서러움 춤사위로 풀어 버릴는지
언제 어느 때 용서의 관용을 베풀 수나 있을는지

일상

서영도 / 2018.08.14. 06:30

쳇 바퀴를 떠나
망망 대해로 나갔다
내 삶엔 없을 것 같던 세상 속
허나 그곳도
할래 세끼를 찾아야 하는
별의 별 일이 많은
고단한 세상

그들만의 쳇 바퀴
이방인으로 차별 되어지고
어차피 거기서도 쳇 바퀴들을
돌고 또 돌아가고 있었다
지나온 세월
온전한 나의 우물이 그리워 진다

애틋한 그리움 안고 돌아오니
그대로 같은 쳇 바퀴가 나를 기다린다
쳇 바퀴가 눈짓한다
어여 너의 쳇 바퀴 속으로
들어와 돌고 돌라며
산다는 건 어딜가나 어차피 다람쥐 쳇 바퀴 속

짧은 만남 긴 이별

서영도 / 2019.07.13. 17:25

어느 땐 시간의 물결이
더 거세게 흘렀으면 했다
세상 아이의 공간은 협소하기 만 했기에
하지만
날개도 없는 눈 깜짝 할 새는
도무지 손 꼽아 볼 여유도 없이
또한 이렇다 할
그 무엇도 잡아 보지 못한 채
시간의 수레 바퀴를
무심하게 굴리고 있었다

그리고 우리는
강물 같은 세월을
과거의 뒤안길로 흘러 보내며
이생의 짧은 만남의
애틋한 정만 남겨 둔 채
떠돌이 행성 같은
여행자가 되어
기--나긴 이별의 눈물을 삼켜야만 했다
이별은 어떤 이별이라도 가슴을 헤빈다

어떤 절규

서영도 / 2017.10.22. 13:10

세월은 억 겹을 향해 흘러 만 가는데
어떤 전략과 끈기가 있어야
이 모진 세상 살아 남을 수 있나
인간의 발굽 아래 바스러지고 으깨져도
살아남기 위한 질긴 생명력으로
때론 바람 차가운 냉방기 속에서
때론 썩은 장롱 틈 사이로

썩은 나무 등걸을 뜯어 소화시키며
종족 번식만은 게을리 하지 않았다
만물의 영장인 인간보다
수억 년 더 일찍 이 땅을 지배했다
인간이 만든
갖은 오염 물질과
살충제와 시멘트 독
온갖 폐수와 스모그에도 물러서지 않았다

지구상의 모든 생명들은
공생 공존할 의무가 있으며

권리가 있음을
만천하에 고하노라
우리 바퀴벌레도 이 신성한 땅에서
함께 살아갈 권리가 있음을
부시럭 부시럭 궁시렁 궁시렁

지금 (Now)

서영도 / 2019.05.01. 18:35

지금 당신이 있는 곳 어딘지?
나 지금 또한 어디에 있는지?
한 백 년 전 너와 난
어디에 무엇이며?
한 백 년 후 우린
또 어디에 무엇이 되어 있을까?

멋도 모르고 살아 온 시절
이성을 사랑하는 게
사랑의 끝인 줄만 알았는데
사랑은 그것만이 아니었더라.
사랑을 뺀 세상 있을 수 없고
사랑이 없는 세상 사는 재미가 무얼까?
세상에 존재하는 동안
사랑 할게 정말 많아
살아 있다는 건 사랑 할 수 있다는 것.

우린 백 년 전 그리고 백년 후
사랑을 줄 수도 사랑을 받을 수도 없느니

세속의 이기와 사욕의 굴래를 벗고
지금 사랑하자, 지금 서로 사랑하자.
사랑이 가슴에 있는 사람은
생의 주어진 짧은 시간속에
늘 행복 함 그것이다
사랑없는 세상은 빛이 없는 세상과 같은 것

시골 집

서영도 / 2019.05.02. 11:30

애달픈 사연과 쓰라린 삶에 무게와
깊고 따듯한 사랑과 기쁨과 이야기가
얽히고 설켜 한으로 서리서리 맺혀 진 집
꿈에서도 뒷간은 너무 떨어져
밤에 혼자 가기가 넘 무서웠고
깊어서 항상 빠질까 겁이 났었다
뒤곁 돌 담장 밑엔
부추가 돋아나고 딸기가 퍼져 살고
채송화 봉숭아 다알리아가 꽃피던 곳
봄 기운이 장독 곁을 함께하며
아버지 어머니의 뼈와 살이 묻어있던
아버지 어머니의 땅, 어머니 아버지의 집

산이 강이 되고 강이 산이 되기를
몇 번을 갈아엎은 세월 속에
그 땅 그 집은 애증만을 남긴 채
결국 그곳을 떠나게 되었고
결국 마음은 한 여름의 논바닥처럼
쩍쩍 갈라져 버렸다

오랜 세월이 흐른 후 돌아 와 보니
쓰러지고 엎어지고
수렁같은 잡초속에 폐허로 변해 있었고
가슴엔 언제나처럼 커다란 대못이 깊게 자리잡고 있었다

PS : 나의 부모께서는 화전과 장작 팔이와 품팔이와 떡 과일 묵등을
　　　만들어 팔아 한푼 두푼, 코 묻은 돈을 저축하여 두 분 인생
　　　최고의 목표였던 자기의 땅을 약 15000평(15000X200 =지금의
　　　시가 약 200 정도?)을 만들어 자신들의 인생 최고의 성공을 했던
　　　(이 부분에 있어) 분들 임을 기억 하고 자 한다.

첫눈

서영도 / 2018.12.16. 18:30

첫 눈이 내립니다.

함박처럼 펄펄 내리는 첫눈 속에
처음 만난 그 한 사람
그 사람 내게 첫눈에 들어와
사뿐히 가슴에 내려 앉습니다.

축복의 첫눈을 맞으며
새 하얀 드레스 깃털처럼 받쳐 입고
첫눈에 반한 그 사람과
첫눈 속으로 첫눈 속으로
손에 손 포개어 꼬옥 잡고
끝없이 끝없이 걸어가고 싶습니다.

영원처럼 펄펄 내리는
첫눈 속에 한 폭 그림이고 싶습니다.
지금도 내 눈엔 내 첫사랑

내 첫눈이 펄펄 내리고 있습니다.

추억

서영도 / 2018.08.16. 12:11

눈 한번 깜빡하니
바로 어제가
아득한 옛날이 된 듯
시원함과 섭섭함과 그리움 되어
먹구름처럼 훌쩍입니다.

어느 날 역마의 연에 이끌려
아프리카의 마사이 마라 사파리를 가고
마사이족과 토깽이 춤도 추고
킬리만자로의 숲속을 가로질러
사파리 블루 해변을 헤집으며
토끼처럼 웃고 깡충 대던 날

하룻밤의 꿈처럼
신기루 되어 사라질 것 같은
사진 속 사연들
마음의 고운 악보가 되고
노래가 되어
아직도 거기 머물러
행복한 미소를 머금고 있습니다

8부 행복이란

춘추부春秋富

서영도 / 2018.07.08. 06:50

날 때는 서러워 응애 응애 소리치다가
한 살 두 살 나이 들면서
사는 게 뭐 길래
나는 어디서 왔고 어디로 가며 어떤 존재인가
하는 깊은 의문의 늪에 빠진다.
어떤 이는 특이하고 비범한 재주를 타고 나
그 재주로 세상을 들었다 놨다 잘도 살아 가지만
나는 그저 평범한 인간으로 이 생에 왔다가
공간과 머릿수 만 채우다 떠나 갈 존재이런가

이 생에 올 땐 순서가 지켜 졌다지만
이 세를 떠날 땐 순서도 없고 차례도 없다하니
앞서거니 뒷 서거니 각자 제 갈 길로 사라져 간다.
젊은 시절 천년을 살 것처럼
대가리 싸매고 지지고 볶았지만
백년도 살지 못하는 인생인데
벌겋게 충혈 된 눈으로
아우성치며 살다 가는 게 인생이런가

이대로 무너질 수는 없지 않는가?
내일 하늘이 깨어지고 무너질지라도
너에겐 지금이 가장 젊은 날(春秋富)
희망의 장작불을 가슴에 지르라
꽃잎이 스러지고 나뭇잎이 물들기 전
이생에 못다 한 이야기를 펼치라
살만하니 길 떠나는 게 인생이지 않더냐

※ 춘추부春秋富 : 젊은 날. 나이가 젊음.앞날이 많이 남아 있음을 이르는 말.

수필 - 어미가 된 딸에게

서영도 / 2019.01.16. 19:24

수억 년을 흘러온 세월, 이 세월 또 얼마를 흘러 갈까?

그 많은 세월의 시작은 어디이기에 왜 우린 여기서 지금 길을 잃은 사슴처럼 머뭇거리고 있는 걸까?

정과 사랑을 빛처럼 주던 사람들 모두 사라져 가고 혼자서 지키는 이 밤은 왜 이다지 길기만 할까?

걱정과 위안인 나의 분신들

고사리 같은 첫애의 탄생에 난 또 얼마나 뿌듯함과 행복함을 느꼈었나

그리고 또 둘째가 태어났을 땐

"이제 나는 아들 딸을 다 낳아 보았으니 이 세상 부러울 것 없는 사람, 장터를 다 돌아본 아비가 되었구나." 라며 정말 행복해 했었다.

허나 그런 생각 만 했을까?

주먹에 쥔 것이 별것 없는 난 내 뼈를 갈아서라도 너희를 책임져야 한다는

생각에 깊이 빠졌고, 적어도 너희를 먹이고 입히고 교육해야 한다며,

밤잠을 설치고 새벽에 벌떡 일어나 캄캄한 어둠속으로 뛰쳐 나가곤 했었다.

(아마도 세상의 어떤 남자든 자기 자식을 위해 그렇게 살아 갈 것이다)

누군가가 쫓아 오기엔 너무나 숨찬 인생 행로 이었으리라.

무엇에 든 이겨야 한다는 강박, 세상과의 싸움에 꼭 이기고야 말겠다는 신념에 사로잡혀 가슴에는 항상 날이 시퍼렇게 서 있었던 것 같았다.

젊은 시절 집이 너무나 가난하다고 생각한 나머지 또한 조물주로부터 아무런 상이나 재주도 받지 못하고 태어난 그런 인생이라고 생각해 인생포기라는 생각을 한쪽 주머니에 항상 품고 다녔던 것 같았다. 하지만 군 현역 시절 부대 인사과장 부인과 관사 부인들에게 전화기도 고쳐주고, 장작도 패주고, 화득도 만들어 주던 계기 때문이었을까 군 전역하는 날 부인들 네 분이 위병초소 앞 버스타는데 까지 찾아와서 주머니에 봉투를 넣어주며

"그땐 정말 감사했어요. 서 병장님, 어디가서 사시든 꼭 꼭 행복하시길 바래요. 정말 정말 감사합니다. 안녕히 가세요" 하는 말을 듣고 서울로 오는 버스를 탔는데

그 버스 안에서

"그래 지금까지의 삶은 그냥 연습이었다. 지금부터라도 행복을 찾기 위한 삶을 살아보자. 늦었지만 지금부터다"라는 결심을 하게 되었고

그 후 밤 낮을 가리지 않고 일을 하게 된 것이 지금까지 살아온 동기가 되었던 것 같다.

하지만 그 심했던 행복에 대한 강박, 잘 살아 보겠다는 강한 신념은 주위를 힘들게 하였던 것 같다.

아무튼 난 어렵게나마 다행히 너희들을 대학까지 보낼 수 있었고 부유하진 않았지만 약간의 여유는 생겼었다.

하지만 언제나 부족하다고 만 생각하던 아버지여서 아무래도 식구

들을 많이 힘들게 하였던 점을 정말로 미안하게 생각한다.

　다른 또 세세한 이야기는 다른 장에서 해 볼 수 있을는지..........

　이젠 어미가 된 딸

　건강하게 태어난 짱아가 너무 반가웠고, 고생한 딸이 너무나 대견하였다.

　사진 속에 짱아는 너무나 귀엽고 예뻤다.

　황금 돼지 해의 좋은 기운을 타고 태어나 더욱 반갑고 기쁘기만 하다.

　하지만 여러 장의 사진 중, 한 장의 사진에 네가 살짝 눈물이 젖은 듯 해 마음이 아팠다.

　아기의 엄마가 된 대 대한 행복감과 또한 미래에 대한 책임감도 크게 작용할 수 있었으리라.

　아무쪼록 두사람(딸과 사위) 그리고 짱아의 앞날에

　많은 행운과 행복이 함께 하기를 신령한 신 앞에 무릎 꿇어 빌고 싶구나.

　수고 했다. 행복해라.

　너무도 많이 부족한 할애비가 손녀 짱아를 처음 맞으러 가면서........

2019년 01월 17일 오후 6시

이즈 맘 602호를 가면서 아비가.....

방송대 문학회 작품 제9집을 만들며

4류시인, 무명가수 서영도 / 2019.02.24. 21:35

방송대 문학회 총무를 맡았던 나는 시집 등나무를 작년 8집에 이어 9집을 문학회 회원님들의 작품을 모아 모아 함께 만들었다.

언 듯 보면 시인님들이 자신의 작품에 대해 많이 부끄러워 하면서도 발표의 장에 나서면 굉장히 용감해 지시고 자신의 작품을 시집에 올리고자 하는 열망은 참으로 강한 것 같았다.

어떤 분은 단편 소설을 2-3편 올리시고, 어떤 분은 시 5편에 수필1편을 올리시기도 하였다.

그리고 어떤 분은 수필을 2편 올린 분도 있으셨다.

그야말로 그 열정과 열망이 계속 이어졌으면 하는 바램 이다.

작년 편집실에서 보내준 남아있는 8집을 나누어 주려고 올림픽 실내 경기장 선배들 졸업식장을 찾아가서 3박스를 모두 나누어 주었을 때의 개운감이 지금도 되 살아 난다.

사실 작년 또 재작년 매 해 시집을 만들어 왔는데, 시집을 새로이 만들 때 마다 새로운 감정이 뿌듯하게 밀려오는 것 같다. 그리고 우리의 작품이 알알이 박힌 시집이 누구의 손에 손에 소중하게 넘겨져 읽혀진다는 것은 참으로 가슴 뿌듯한 일이다.

올해 3.1절은 다른 해와는 조금 다른 것 같다. 3.1절 100주년이라 해서 각 시 도 자치 단체에서는 대대적 행사 준비가 많은 것 같다. 어느 시市에서는 3.1절 100주년 기념행사에 도움이를 구하기도 하고, 직접 태극기를 흔들며 함께 만세를 부르며 거리를 행진하는 행사도 준비하는 것 같다. 광화문에서도 기념행사를 대대적으로 할 모양이다.

실제로 가슴 아픈 것은 일제 강점기에 일본에 붙어서 친일을 일삼던 사람들은 아직도 떵떵 거리고 잘 살고 있는 반면 독립 유공자들은 그 후대가 가난을

면치 못하고 지금까지 살고 있는 것이다.

그나마 다행인 것은 이번 정부가 독립 유공자들을 발굴해 정부 차원에서 그만 한 대우를 할 것을 천명하고 나선 것이다. 일간 늦은 감은 있으나 그래도 그러한 사업을 추진하기 시작했다는 점에서 참으로 고마운 일이고 다행스런 일이다.

이번에 청년들을 상대로 설문 조사를 했는데, 10명중 8명이 또다시 일제 강점기 같은 일이 발생한다면 8명은 꼭 독립운동에 참가 하겠다고 대답했다는 것이다.

그래서 이번 등나무 9집도 3.1절 100주년 기념을 중심에 두고 독립운동 시인들의 사진과 시詩를 올리기로 했다는 것은 얼마나 다행스런 일인가, 이 시대를 살면서 시인들이 세상에 거울이 될 수 있는 자신의 시(詩)를 가지고 있다는 것은 스스로 독립운동에 기꺼이 참여 하겠다는 의지의 반영이 아닐까 하는 생각이 든다.

이번 9집에도 시인 약 25명이 참여했다. 다음 10집에는 좀 더 많은 시인들이 참여해서 보다 좋은 시詩들이 함께 작품집에 올려 졌으면 하

는 마음 간절하다.

그리고 등나무 9집을 만들기 위해 함께 쫓아다니고 고민 했던, 고문님, 회장님, 임원 단 등 모든 시인님들에게 머리 숙여 감사를 드립니다.

감사 합니다.

화생석수花生石水

서영도 / 2019.02.27. 15:00

꽃들이
제 아무리 이쁘다 하나
이레 만 지나면
시들어 가고

인생이 큰 소리 뻥뻥 치며
잘났다 하나
백년도 안 되어
고목枯木이 되네.

바위가 굳은 것은
금 같은 침묵을
지녔기 때문이고

한강 수가 소리 없이
유구 한 것은
높고 낮음을 뛰어 넘어
온몸으로 부뎠음 때문이로다.

황혼의 시간

서영도 / 2020.04.16. 19:30

황혼을 등 뒤로 바래고 터벅터벅
스폰지 물먹은 몸을 발끝에 달고
돌아오는 길목
커피 향 같은 말 한마디와
살가운 눈길이 그리운
인적 끊긴 내 골목엔 밤비가 젖는다

알밤 한 두알 줍기 위해 토끼 눈이 되어
온산을 돌아치는 날 다람쥐처럼
이산과 저산 이 나무에서 저 나무
오직 토끼와 여우를 봉양하기 위한
일념 인 날들이 있었다

이제 남은 건 꺼질 것 같은
작은 불씨의 골 먹은 육신
좁고 시려도 내 우물이 편하다는
달팽이 관속같이 컴컴한 굴속으로
풀 먹은 몸을 구겨 넣어 쓸어 트려야 한다

회귀回歸

서영도 / 2019.05.27. 08:40

봄과 여름을 가르며 오가는 계절의 길목에
애처롭도록 가여운 가랑비가
툭툭 투트득 후드득 후득
빈 가슴 세풍世風만이 휑하던
마른자릴 축이며
눈물 그득 넘쳐나는 가슴을 어루만져 줍니다.

이 비가 개이면
새장 속에 갇혀 울던 새도
덧문의 자유를 열고 세상 속
햇살 고은 하늘로 하늘로
날을 수 있을까요

이 비가 개이면
검은 구름만 캄캄하게 채워졌던 가슴
영롱한 이슬이 빛을 발하는
일곱 색깔 햇살이 비춰 줄까요.

이 비가 그치면

너와 내가 아닌 우리이던 날처럼

눈이 부시던 날에 그 햇살을

다시 볼 수 있을까요

※ 회귀回歸 : 한 바퀴 돌아 제자리로 돌아오거나 돌아감. 귀환, 복귀.

흐른 다는 것

서영도 / 2018.05.23. 07:00

작년에도 그랬고 그러께도 그랬다
예빈산은 산으로
그대로 거기 있었고
한강은 강대로 그대로
거기 흐르고 있었다.

어느 날 갑자기 세상이 다르게 보였다
강도 그 강이 아니요
산도 그 산이 아니다
낯 설고 물 설어 땅을 밟고 섰으나
허공이 빙빙 도는 듯 어지러웠다.

어릴 적엔 장미 백합 진달래에
푹 빠지기도 했다
허나 요즈음엔
패랭이 채송화 민들레가
가슴을 쓰리게 한다.

산도 예전 산 같지 않고

물도 물 설어 보일 때
오늘까지 흘러온 건
강도 아니고 산도 아니고
세월 가운데 인생 만
어느 덧 예까지 흘러 왔을 뿐

수필 - 근시 안

서영도 / 2022.12.10. 12:00

눈이 나빠지기 시작하는 데는 몇 가지 요인이 있는데, 공부를 열심히 하여 글씨를 오래 본다던지 아니면 현대 병증인 컴퓨터, 핸드폰을 오래 보면 눈이 나빠진다 고 한다.

나빠진 눈에는 근시, 원시, 난시가 있다는데,

근시는 가까운곳은 잘 보이나 먼곳은 잘 보지 못하는 종류라고 한다.

이는 눈 안에 있는 렌즈가 눈 앞에 있는 상을 망막 앞 쪽에 만들기 때문이라고 한다.

이때 처방은 오목렌즈로 교정한다고 하며,

반면 원시는 가까운 물체는 잘 볼 수 없는 눈을 말하는데, 눈 앞에 있는 상을 망막 뒤에 만들기 때문이라고 한다. 하여 원시에는 볼록렌즈를 처방한다고 하며,

또한 난시가 있는데 난시는 앞에 있는 상을 망막 다른 위치에 만들기 때문에 두 개의 상을 만든다고 한다. 하여 렌즈도 난시 렌즈를 사용하여 굴절을 바로 잡아야 한다.

그런데 얼마전 000의원이(2023 00당) 쓴 서울 대학교 내의 시진핑 기념관 35평에 대하여 비평한 것을 조금만 새로운 눈으로 보면 왜 시진핑의 기념관을 만들었는지 알 수 있지 않을까 한다.

한국과 중국의 수출 교역이 지난 14일 (2022.1.) 2021년 3조 3640억 달러이던 것이 전년 보다 29.9% 늘어서 8년 만에 6조 달러를 웃돌았다고 한다.(오피니언 이상석기자, 22.1.14. 네이버)

중국의 인구 수는 약 14억 2588만명 정도이며, 우리나라의 약 28배 이다.

하여 아세안, EU, 미국, 일본, 한국 순으로 대 중국에 대한 수출을 경쟁적으로 하고 있음을 알 수가 있다.

작년 한 해 경제 둔화 추세 속에서도 강력한 수출국은 중국의 경제 성장의 버팀목 역할 때문인 것으로 풀이 된다.

우리의 먹거리 수출은 가까운 이웃인 중국이 아주 유리한 시장임을 직시 할 수 가 있으며, 세계의 다른 여러나라들도 경쟁적으로 중국을 상대 하려고, 작전을 펴는 이때,

시진핑의 서울대학교 35평 기념관은 대 중국을 상대로 하는 호의적인 작은 동작이 아닐까 한다.

시진핑 기념관은 세계로 뻗어가는 중국의 시선을 우리에게 머물 수 있도록 하는 장치로서,

이러한 작은 기념관 하나가 한국과 중국의 서로의 기대치에 부흥 한다면,

한, 중 두 나라가 서로 부강 해 지기 위해 손을 맞 잡는 기회가 된다는 것을 왜 이해의 눈으로 보지 못한 단 말인가?

서울대의 35평 기념관은 그럴만한 가치가 충분히 있다는 것을 여기서 말해 두고 싶다.

OOO 의원은 시진핑 기념관을 기념관으로 만 바라볼 뿐 그 속에 녹아 있는 깊고도 넓은 여러 가지 의미와 이미지의 커다란 그림을 놓치고 있는 극히 근시안적 태도라고 볼 수 있다.

작은 가치에서도 좀 더 큰 그림을 볼 줄 아는, 확대 해석 해 나갈 수 있는, 그런 안목을 가지고 있는 사람이 국민을 대표자가 돼야 국민이 편하다는 것을 모르는 사람은 없을 것이고, 근시안적 태도와 심상적 소인배가 국민의 대표가 되어 있거나 되겠다고 이유같지 않은 이유와 상식 아닌 상식을 내 세우며 진실과 정의를 비틀고 꼬집는 행태를 듣고 보자면 참으로 가관이다. 또한 비 상식과 거짓과 부정의不正義가 먹히고 있다니 그것이 먹히는 사람은 비틀린 심상적 태도를 가진 부류 일 것이다.

요즘 정국의 돌아가는 행태를 보면 자기편이 아니면 또는 비틀린 사법체계나 법조문을 상식적이고 진보적인 상식으로 돌리려 정의와 진실을 이야기 하려는 사람을 어떻게 해서라도 탈탈 털어서 조그만 잘못이라도 들춰 낙하 시켜 보려고 눈을 까 뒤집고 덤벼드는 행태를 본다. 이러한 행태는 대한민국의 또 다른 100년을 염려한다면 법조계와 국회와 국민들이 정말로 타파하고 고쳐야 할 근시안적 태도인 것이다.

격이 있는 삶

서영도 / 2019.11.15. 18:50

비 인간적이고 덕이 없는 인간을
따르는 것은
물권 욕을 채우기 위함이 다분하고

덕이 있고 정한 인간을
따르는 것은
따듯한 행복을 누리고 싶은 소망이 있기 때문이다

돈과 명예와 권력과
풍요한 의식주도
마음이 불편하면 지옥같은 삶이고

단벌과 하늘을 가릴 지붕만 있어도
마음이 화평하면
천상에 사는 삶과 같기 때문이다.

두물머리의 추억

서영도 / 2019.08.07. 17:20

가슴엔 매일 태양이 오열하고
흙 먼지 바람이 울어대는 사막
그 사막 모퉁이 아지랑이처럼 아른거리는
신기루 같은 두물머리의 기억은
아직도 가슴 어딘가를 서성이고 있습니다.

두 강이 만나 하나가 되어 영원처럼 흘러가는
하늘빛 닮은 한강
깊고 푸르고 유하고 싶다던
유난히 눈을 맑게 빛내던 소녀

두물머리 모퉁이를 지키는 저 쪽배는
밤 새워 그 누굴 기다리나
쪽배와 할배나무를 지키는
오형제 나무의 기상은 햇살처럼 푸르른데
액자속에 들어가 두물머리 가득한
한 장의 그림이고 싶다 던 소녀

같은 물 먹고도 흰 꽃 붉은 꽃 연분홍 꽃

저마다 자태를 자랑하는 연꽃이 부럽다며
연꽃을 닮고 싶다던 소녀
오늘따라 두물머리 하늘가에
그리움 닮은 노을이
한송이 연꽃으로 피어납니다

몫

서영도 / 2015.04.13. 퇴 2023. 07.03. 22:00

진짜 그런게 있는거야
교회에서 말하는 달란트처럼
누구나 인생의 몫은 있는거야
내가 왜 여기 이러구 있지
생각하면 억울 하기도 하구
기가 막히기도 해

이러구 구차하게 사는거
안 힘든 사람은 없을거야
잘 찾아 봐 잘 찾아 보면
돈을 주울 때처럼
남의 눈에는 보이지 않는
누가 너에게만 주는 선물같은 거
누구나 몫은 있는거야

남들은 갖구 너는 못 가진게
있는 것처럼
살다보면 살아보면
너는 가지구 있구 남들은 못 가진게

있는 것처럼
너는 요 정도로만 살고
요만치만 살다
때 되면 가라구 이 선에서
시간이 다 달아 버리면 말이야
그게 당신의 사주이고 운이고 몫이라고

인꽃

서영도 / 2020.09.05. 23:00

세상을 살다보면
봄 여름 가을 겨울 이쁜 꽃 미운꽃
온갖 꽃들이 피었다 지드라

꽃은 저마다 그 모습과 향기 다 다르 듯
사람마다
그 모습 그 인생 모두가 다르더라

어떤이는 다소곳이 피었다가
슬며시 져 가지만
어떤이는 들불이 일어 나듯
온 세상을 다 태울 듯
요란하게 타오르더라

사람마다 꽃송이가
다 다르고 색깔이 다 다르고
향기가 다 다르고 껍데기가 다 다르더라
그렇게 계절따라 다 다르게 피었다
그러다 결국 지더라

가슴이 먼저 알고 있다

서영도 / 2020.09.10. 18:30

이 세월에 가당키나 한
일이냐고
제 아무리 부정하고
아니라고 돌이질 치지만
감정은
사치스럽고 궁상맞다
아닐거라고 부정하지만

하지만
내 안 주머니를
다 털어 보이고 싶고
내 가슴속에 옥구슬을
다 걸고 싶은
작은 아픔도 슬픔도
아주 조그마한 기쁨까지도
다시 깨고 나올 계란 껍질처럼
누를수록 솟구치는
감정의 분수
그 실체를 가슴은
먼저 알고 있더라

사랑도 우정도 기쁨과 슬픔까지도

어떤 묵상

서영도 / 2020.03.05. 23:00

너무 애 끓이며
살려하지 마라
짐이 무거우면
덜고 가고
그래도 무거우면
버리고 가라
달린다고 더 많이 더 멀리
갈 것도 아니고
걷는다고 더 많이 더 뒤
쳐질것도 아니다
순리를 찾고
순서를 지켜 가라
세상 굴러가는 대로
자신을 맡기고
물이 흐르는 대로
물살을 타라
시냇물은 자신을
구부리고 휘어지며 흘러
아득하던 최종 목적지
바다에 도달하리니

행복이란

서영도 / 2020.09.12. 14:30

소중한

순간
순간들을

차곡
차곡 쌓아가고

증액시켜 가는 것이며

또한
그 소중한 시간들을
소중한 공유자와

함께 느끼고
지켜 나가는 것

결승선

서영도 / 2020.11.22. 21:30

세월은 몸과 마음에 생채기를 남기고
자꾸만 도망질 치는데
시간은 수레처럼
덜컹 덜컹 흘러만 가는데
무슨 꿈
어떤 길을 찾기에
차례 없고 등 수 없는
인생 마라톤의
결승선에서
무엇을
망설이며 머뭇거리나

젊으나 젊은 시절
분노같은
삶의 열정과 애착은
아직도 가슴속 어딘가 남아 있으련만
뒤 늦은 출발 선에
다시 서려니
서러운 가랑비가

옷깃을 적시네
내일의 태양은
동해를 다시 붉게 물들이련만
식어버린 열정은
정녕 다시 타오르려나

가을의 풍경소리

서영도 / 2020.11.20. 16:00

세상을 온통 적셔 버릴 듯
사납게 으르렁 거리던
소낙비는 그쳤는데
아직도 내 가슴엔
소낙비가 사납게
으르렁 거립니다

세상을 온통
흔들어 날릴 듯
세차게 짖어 대던
태풍은 지나 갔는데
아직도 내 가슴엔
거센 태풍이
짖어대고 있습니다

앞만 보구 달려왔던
어설펐던 지난 날
이제 버스가
여러 대 지나가버린
텅빈 정류장
낙엽만이
사그락 사그락
흐느끼고 있네요

스승

서영도 / 2020.05.15. 17:40

깊은 산 중
길을 잃었을 때에도
방향을 알려주는
나이테가 되어주고

캄캄한 밤길에
길을 잃었을 때에도
밤하늘 샛별이 되어
방향을 알려주고

욕심의 늪에 빠져
서로가 서로를
불신하는 세상에서도

앞서 길을 내고 발자국을 만들어
주시는 이

이 황량한 시대의 그런 그가
진정 스승이 아닐까
아 촛불같던 옛 스승이
그립다 정말 그립다

이태원 참사 앞에서 (2022.10.29)

서영도 / 2022.10.31. 17:00

악몽이 살아서 펄펄 날 뛰는 시간
코로나 19의 기나긴 터널을 지나
간만의 청춘을 즐기려 했던 날
그곳이 세상을 마지막으로 하는 날이 될 줄은
찰라 같으나 캄캄한 긴 터널 같았던
이태원역 작은 골목속에는 오랜 만에
분수처럼 솟구치는 젊음이 넘쳐 났지만
그곳의 안전을 책임 질 정부는 부재 해 있었다
몰려드는 인파는 어찌 할바를 모르고
서로 뒤엉켜 서로의 숨통을 조이고 있었고
급기아 오후 6시경 이러다 '죽게 생겼다'는
112 긴급 전화의 시작으로
밤 10시 30분까지 수십 통의 살기위한 몸부림속에
수 많은 전화가 전선줄을 뜨겁게 달구었지만
전화를 걸어 놓고 '살려 달라' 말도 제대로 못하는
시간의 연속이었지만
경찰의 출동은 전무 했었던 듯 하다
급기아 수많은 목숨이 멎어 버리고
골목엔 숨이 멈춘 사람을 살리기 위한

시민들의 심폐소생 사투가 벌어졌다

그러나 그것 뿐 5-6명이 사망한것도 아니고 159명이나

한번에 사망을 했다

그러나 행정당국과 책임자들은 조아리기는 커녕

미안한 마음 죄스런 마음은 눈꼽 만큼도

없이 강 건너 불 보기식으로 멀리 있었다

어떻게 서울 한복판에서 이런 끔찍한 참사가

거짓말 같이 일어났을까 분노가 치밀어 올랐다

무능한 자, 자격미달 자들이 자신이 적격자라며

자리만 차지하고 엉뚱한 핑계로 일관하며

아직도 그 자리에서 축내고 있다 합니다

아 - 하늘이여 당신은 아직도 거기 계십니까?

어찌하여 정正과 사邪를 아직도 가르지 못하나이까?

어느 세월에야 이 나라 정正사邪가 바루 서겠나이까?

생성과 소멸

서영도 / 2023.05.18. 10:00

인간은 세월따라 스러져 간다

꽃이 피었다 져야 하는 것처럼
기대와 희망과 좌절과 슬픔의 교차로에서
세상에 존재하는 모든 살아있는 것들은
생성되고 나면 종내엔 소멸되고 사라져 간다

그 불변의 진리를 까맣게 잊고
천년 만년 영생이나 할 것처럼
더 많이 더 높이 채우고 쌓으려
새벽부터 밤까지 분주히 남포질을 한다

어제도 오늘도 내일도
우주의 운행은 중단없이 돌아가고
지구의 자전과 공전은 계속되고
또 존재들은 생성되고 또 사라져 간다

세상의 다람쥐 쳇바퀴는 오늘도 돌아간다

2023.4.19.(윤달2.19) 할아버지 할머니 아버지 어머니 4분을
파묘하여 화장을 모셨다. 공 또는 원 상태로 돌아가는
그 분들을 보며 책(4류 시인의 시집)이라도 내 놓고 존재가
존재 했다는 징표라도 남기고 싶었다.

※ 남포질 : 도화선에 불을 붙여 터트리는 화약 폭팔물.
   남포를 터뜨려 바위 따위의 단단한 물질을 깨뜨리는 일.

어떤 그리움

서영도 / 2023.04.29. 11:50

저녁 늦게 잠이 들다가도 문득
이른 아침 잠이 깨다가도 문득
비가 몹시 쏟아지는 날에도
저녁 놀이 붉게 물든 날에도
왠지 가슴 밑이 쓰리고 아파 옵니다

어린 자식들 건강과 안위를 위해
자신의 등골 빼기를 주저 않던 아버지
아이들을 일곱이나 낳아 셋을 잃으셨으나
가슴에 박힌 대 못을 내색도 않으시며
자식위해 모진 고단함 오롯이 견디셨던 어머니
드라마를 보다가도 슬픈노래를 듣다가도
팔당 댐의 둑이 터진 듯 주륵 주륵 흘러 내립니다

이생의 인연 어디까지 이기에
그리움과 아쉬움이 아직도
예빈산 막작골을 오르 내리고 있는데
세월따라 그렇게 떠나시게 되었군요
꽃으로 피어 나셨더니 꽃처럼 스러져 떠나셨군요

지금도 아쉬움과 그리움이 가슴에 남아
이 생에서의 인사 다시 드립니다
부디 좋은 곳으로 가셔서 평안 하세요

2023.4.29.(음력윤달2.29) 할머니 할아버지 아버지 어머니를
파묘를 해 화장으로 모시고 다시 멀리 떠나보내 드렸다
생각해 보면 돌아 가셨을 당시 이별이 마지막이라 생각했는데
화장으로 모심으로 인해 다시 이별을 한 것 같아 아쉬움과
시원함(본인이 유통기한이 되다보니)이 교차하는 것 같았다.

튀르키에의 인연

서영도 / 2023.01.25. 06:00

어제는 빛 곱고 다정했던 대한의 하늘
오늘은 천 만리 낯 설은 땅 터키 하늘
설렘과 기대로 하늘 길 가르고 떠나와
컴컴한 밤 베개로 머리를 고이려니
그 간의 내 인생 헝클어지고 찌들었던
삶의 자락들이 조각 조각 살아서 돌아가고
행복했던 날들은 환희와 기쁨이 되어
미소로 번져오고
서글프고 어두웠던 날들은
한숨과 낙담으로 나의 숨결을 흐리네

낯선 땅 낯선 하늘 여행의 인연
따뜻하게 주고 받던 정감어린 언어들
서로가 서로에게 도움이 되고져
곱고 어여쁜 마음의 교류
환희와 기쁨이던 시간들은 한정되어
과거로 과거로 줄달음 쳐 가고
이제야 쬐끔 정을 붙여 주고 받았는데
벌써 헤어질 시간이 눈앞이라니

잠시 잠깐 주고 받던 마음들
가끔 문득 터키 하늘을 떠올릴 때면
그 모습 그 마음 그리워 지리라
우린 언제 어디서 무엇이 되어
다시 만날 수 있으려나
짧지만 깊었던 튀르키에의 추억
언제 어디서든 모두 모두 무강 하옵시길
튀르키에의 정다웠던 인연들이여

연과 별 (連과 別)

서영도 / 2022.09.19. 20:00

매찬 바람이 삭정이를 흔들어 대는
초 겨울 어느 날
그와의 만남은 어느 작은 시골 장터에서 시작 됐다
그와 함께 집으로 돌아 온 후
그와 난 속살까지 깐 스스럼 없는 사이가 되었고
곁에서 시종일관 충심으로 날 지켜 주었다

세월은 바다를 그리는 강물처럼
10여 년이란 시간이 훌쩍
쫓기는 닭처럼 후다닥 도망쳐 버렸고
그와 나의 관계는 잘 익은 홍시처럼
빠알갛고 말랑하게 녹 익어 갈 즈음
그에게 찢겨진 큰 상처가 있음을 발견하였다

저미는 가슴으로 전신 사우나를 시킨 후
한땀 한땀 직접 상처를 꿰메어 주었다
그와는 다시 예전처럼 스스럼 없는 사이가 되었으며
다시 날 따듯하게 감싸 듯 사랑해 주었고
나 또한 그를 더욱 애틋해 했다

시간은 또 구름처럼 산 넘어로 흘러 흘러 갔고
그는 마른 수수깡처럼 야위어 보였으며
전신이 후줄끈 힘이 없어 보였다
그리고 엎친데 덮친 격으로 가랭이 쪽이
또 찢어져 상처가 커 보였다

짠한 마음은 옛날 처음 만났던 시골 장터가
주마등처럼 떠올랐고 그 동안 여러 해 말없이
곁을 지켜주던 그가 몹시 고마웠다
그리고는 이제야 〈헤어질 결심〉을 할 때가 되었음을 직감했다
나는 그의 찢어져 상처난 부위를 감싸며
속으로 외쳤다
"안녕 안녕 그 동안 고마웠어"
꼭 안아 잡았던 그를 살포시 놓아 주었다
검은 비닐을 입은 쓰레기통 속으로
다행히 나의 다정 다감했던 팬티는
자신의 소명을 다 했다는 듯
통속으로 쏙 들어가 자릴 잡았다
"안녕 다정했던 나의 오랜 친구여 안녕"

물

서영도 / 2023.01.27. 19:00

튀르키에 7박9일 여행 마치고 돌아 오다

빨강색과 노랑색도 아니고
흑과 보라도 아니다
분명 어제는 천 만리 먼 하늘 가
하얀 시트 위에서 머리를 굴렸는데
하지만 오늘은 돌아와
색 바랜 침대와 베개에 머리를 굴린다
새 하양색 꿈같던 어제는
설렘과 기대와 호기심 이었다면
오늘은 흙 냄새로의 환원이다

변한 것은 아무것도 없다
벗어 놓았던 잠바도 그 자리
냉장고에 몇 마리 남았던 북어도 가재미도 그 자리
그것들은 여전히 그곳에서 나를 기다리고 있었다
그래 여기가 바로 내 자리다
전쟁터 같지만 나머지 행복을 찾아 내고
느끼고 만들어 가야 할 자리
삶을 치열하게 겪어 내야 할 자리
미꾸라지는 역시 놀던 물을 기억한다

456 · 풋내기의 시詩와 담譚

한강은 달려 간다

서영도 / 2022.07.18. 06:00

하늘을 한껏 품고
해와 달과 별과 떠도는 구름과 바람과
버들강아지와 안개꽃과 산과 들을 머금은
한강의 물빛은 그래서
별빛처럼 푸르른가 보다
잔잔한 듯 유유자적 흐르지만
유함 속엔 세찬 소용돌이 물밑에 감추고
대양을 향해 새벽을 가르고 있구나

볼을 스치는 차가운 바람
어느 사이 달려가 물결에 부딪치니
파르르 파문을 일으키며
몸서리 치듯 달려만 간다
이 만큼이나 흘러 왔는데
예까지 힘겹게 달려 왔는데
포용의 바다는 보이지 않고
두눈에 흐르는 추억들만이
삐그덕 삐그덕 빈 영사기를 돌리고 있구나

수마와 인마

서영도 / 2022.08.15. 08:20

저기 하늘가 시커먼 구름이 머리 위로
점점 다가와 온 하늘을 덮쳐 버린다
저 속에 들어 찬 빗물들이
종내엔 수마가 되어 온 동네를 할퀼 것이다
가뜩이나 헐 벗고 굶주린 동네는
더 괴롭고 쓸쓸하겠지
이 시커먼 비 구름의 조화도
필시 인간들의 욕심과 과오에서 비롯 됐으리라

올 한반도는
이상스런 공정과 상식과 자유를 장착한 인마가
민초의 여린 가슴을 할퀴고 있다
주머니속은 절박한 먼지가 일고
길은 길이 아닌 길처럼 가시수풀이 우거지고
한반도는 다시 영하로 내리닫고
영하의 바람은 달동네를 온통 꽁꽁 얼려버려
추위와 포도청의 고통이 더욱 혹독 할 것 같구나
한반도의 체감온도는 영하의 날씨로 내려가고
아---비애悲哀의 대한민국이여

Don't cry Korea ! Don't cry Korea !
닭 목을 비틀어도 새벽이 오듯
북풍한설 제 아무리 거세도 봄은 다시 오리라
그땐 무궁화도 다시 피어 나겠지

가슴이 느끼다

서영도 / 2020.09.06. 24:00

지나온 세월 사랑을 믿었었는데
구름이 흘러 가듯 바람이 불어 가듯
안개속에 어둠속에 모습을 감추고
무심한 세월은 강물을 닮아 갔다

이제 다시는 그리지 않으리
이제 다시는 원하지 않으리
되 뇌임의 세월이 저 멀리 흘러간 뒤

가슴을 다독이는 잔잔한 고요가
얼었던 빙하를 조금씩 풀어 주었고
한동안 동토이던 심장은
조금씩 조금씩 녹아 내리기 시작했다

어느 지점부터 였을까
어느 계절부터 였을까
풍랑과 파고는 잦아들고
고요의 바다가 밀물처럼 밀려 온 것이

오랜동안 가슴에 있었던

서영도 / 2023. 04.15. 12:00

2023.04.19.(음력 윤달2.29)

사랑했던 너희들의 증조 할머니 할아버지 그리고 할아버지 할머니의 산소를 파묘해서 화장을 해 드리려 한다.

이제는 아버지나 삼촌과 고모도 나이가 나이인지라 산소를 관리해 드릴 힘이 부치는구나

또한 현 시절의 상황에 따라 옛날처럼 자손들이 산소를 관리하기엔 적합하지 않은 시절이 된 것 같다.

조부모와 부모님이 돌아가신지 오래 되었고 그렇게 이별한지도 무척이나 오랜 세월이 흘렀는데 이제 다시 그 분들의 묘를 파묘를 하여 또 한번 이별을 하여야 한다는 것이 약간은 힘이 들기도 하다.

사람으로 이 생에 온 이상 우리 모두가 언젠가는 그 모습이 되련만 그들을 사랑했던 마음만은 영원으로 가져 가려 한다.

이후 언젠간 내가 저 세상으로 가더라도 이 생에서 조상님들을 모시는데 많이 부족했지만 주어진 환경에서 진심과 정성을 다해 모시려 했었음에 나 자신이 후회가 없었으면 하는 마음이다

또한 이번 화장으로 모시는것도 최선과 진심을 다해 모시려구 과일도 사고 북어도 사고 삼색나물 삼색전도 준비했으며 어느정도 격식을 차리려 나나 삼촌이나 고모도 함께 수고 했단다. 조촐하지만 마지막 또 다른 이별을 위한 준비는 정성을 들여 준비 했었음을 이해해 주기 바란다.

461

그리고 그날은 어디에 있든 이곳에 마음을 집중해 주고

신심을 다해 함께 빌어 다오

이제 너희들의 증조 할아버지 할머니, 할아버지 할머니 네분 더 좋은 곳에

안착 하시라고---.

먼 훗날 아버지로서는 나름대로 주어진 환경에서 윗 조상님들을 모심에 있어

진심 최선을 다 했었음을 꼭 알아 주었으면 한다.

어쩌다 너희들과 이생에서 인연이 되었었기에 아버지로서 많이 미안하기만 하구나

정말 미안했다.

2023년 4월 15일 조상님 4분 화장을 준비하는 서 영도

사는게 꿈이었오

서영도 / 2023.05.07. 15:30

동토속에서 겨울 내내
소생 하고픈 만물이
뿌리 끝의 근질 거림을 참고
파릇 파릇 돋아 나고 픈 울화를 참아 내고
형형색색 피어나고 픈 소망을 꾹꾹 누르며
영롱한 별들이 숨결을 고루며
강남의 봄 바람 소식을 기다린다

전 우주는 전능全能의 우산속에서
비 바람도 잠을 재우고 눈보라도 조용했는데
삶의 무거운 껍질을 깨고 눈을 떠보니
허리케인 광풍이요 우박과 소나기
씨앗의 발 붙인 곳이 운명의 오지奧地라니
그 누구를 원망할 수 있을까

존재의 무거움이 바위처럼 짓눌러도
무슨 말을 대신 할까
아서라 가을 바람에 한 장 낙엽이 되어
떨어져 갈까부다
황새의 꿈 모두 접어 내려 놓으니
이 모든게 꿈 이었소 꿈 이었소
사는게 다 꿈 이었소

몰랐어요

서영도 / 2022.05.09.

몰랐어요 정말 몰랐어요
아부지 어무이가 받쳐 주시는
우산 밑에서 그늘 밑에서 지붕 밑에서
비바람 눈보라 찬 이슬
피양하게 하여 주시며
금이야 옥이야 울타리가 되어 주시고
찬 바람에 감기 들까
사랑 때문에 서로 부딪칠까
세상의 얄궂은 풍파들
온 몸으로 막아 주시기에
큰 풍랑도 없이
무탈하게 여기까지 지나 온 줄은
몰랐어요 정말 몰랐어요
오늘 밤도 저 하늘엔 별이 뜨겠죠
어느 별이 아부지 별인지
어느 별이 어무이 별인지
정말 다시 뵙고 인사 드리고 싶은데
오늘도 이렇듯 그리움이 사무칠 줄 정말 몰랐습니다

※ 아부지 : '아버지'의 방언 (강원, 경기, 경상, 전라, 충청, 함경, 황해, 중국
　　　　　 길림성, 중국 흑룡강성)
※ 어무이 : '어머니'의 방언(경상, 전라).
※ 피양하다 (避讓하다) : 바쁘거나 급한 사람, 차, 배 따위를 위하여 피하거나 양보하다.

우리 집 제사 풍습

(제사 풍습은 각 도마다, 그리고 집집마다 서로 다름을 이해 하면서)

서영도 / 2022.06.05. 23:00

음력 5월 13일이 다가 온다.(오월 열 사흘)

그날은 너희들 할아버지 제사 일 인데 할아버지가 생존 해 계시던 날을 기려서 제사를 모신단다.

그러니까 음력 5월 14일이 할아버지가 실제 돌아가신 날이 되는거지

항시 제사는 돌아가시기 전 날, 즉 생존 해 계신 날 음식을 차려놓고 흠양하고 가실 것이라고 믿는게 우리의 유교 양식이란다.

그리고 내가 젊었을 때는 너희 증조 할아버지(음2.19) 증조 할머니(음12.19) 합동 제사를 모셨었고, 할아버지(음5.13) 따로 할머니(음4.26)를 따로 제사를 모셨었는데, 점점 힘들어 하다보니 합동 제사를 할아버지 기일(음5.13)에 모두 모시고 있었단다. 또한 아버지 엄마 사정이 어렵게 되다 보니 언제 부턴가 집에서 제사를 모시지 못하고 산소에 가서 제사를 모시게 되었단다.

보통 우리 집 제사 모실적에 음식 차리는 법을 소개 한다면, (보통 유교 양식으로 전통 제사 방식이 있기는 한 모양이다만.)

그런데 사실 요즘에는 그런 상차리는 법을 크게 중요하게 여기진 않는 듯 하더라.

특히 돌아가신 분이 평소에 좋아 하시던 음식을 주로 차리는 것이 요즘의 경향 인 것 같더라.

하지만 우리 집(아버지)의 옛부터 내려온 제사 상 차린 방식을 잠깐 소개 해 본다면,

차림 상의 뒤 양쪽 끝에 촛불을 두 자루 준비 하고 상차림 가운데 위패를 놓고 음식을 다 차린 후 촛불을 켜면 제사가 시작 되는 거란다.

맨 뒤 쪽 가운데 위패를 놓는데

증조 할아버지 위패는 한 자로

〈현 조고 학생 부군 신위〉〈顯 祖考 學生 府君 神位〉 라고 쓰고

그 옆에 증조 할머니는

〈현비 유인 김해 김씨 신위〉〈顯 妃 孺人 金海 金氏 神位〉 라고 쓴 위패를 함께 놓는다.

그리고 할아버지 위패는

〈현 고 학생 부군 신위〉〈顯 考 學生 府君 神位〉 라고 쓰고

그 옆에 할머니 위패는

〈현 비 유인 밀양 박씨 신위〉〈賢 比 孺人 密陽 朴氏 神位〉라고 쓴 위패를 함께 놓는다

그리고 그 다음으로 음식을 진열하는데

〈조율시이〉 - 대추,밤,곶감,배를 상 앞쪽 좌측부터 우측으로 차리고

〈홍동백서〉 - 보통 앞쪽 줄 조율시이 옆 즉 대추, 밤, 곶감, 배, 사과, 색깔 사탕, 색깔 다식, 색있는 과일 등으로 진열하여 차린다는 뜻으로〈제사 드리는 사람의 동 - 우, 서 - 좌〉

〈좌포우혜〉 - 좌측에 포(북어포) 우측에 혜(식혜 등)을 차린다는 것.

〈어동육서〉 - 물고기는 동쪽에 육고기는 서측에 (동 - 좌, 서 - 우)

〈두동서미〉 - 황태포 도미 등을 차릴 땐 머리는 동쪽을 향하고 꼬리는 서측을 향하게 배열 한다는 것.

그리고 한 가운데 탕을 놓고, 또한 물김치를 새로 정갈 스럽게 담아 놓는다.

그리고 보통 삼색 전과 삼색 나물을 준비 한다.

다만 과일이나 떡은 그때 그때 인절미, 시루떡, 송편, 바람떡, 등으로 차리는데 (삼색 전이나 삼색 나물도 색깔대로 홍동백서의 진열 순서를 지키면 된다.)

(인터넷에도 상차림 찾아보면 약간은 틀리기도 하지만 거의 비슷하더라)

과일 중에는 복숭아는 제사 상에 올리지 않는다는구나.

제사를 드리는 순서는 나름대로 이렇게 한단다.

첫잔 한잔은 유일신(하늘님. 부처님. 신령님. 지신님. 등 등)에게 한잔 따라 드리고 절을 두 번하고 반배를 한다.

그리고 이제 본격적인 제사를 모시는데

1. 처음 오셨느냐고 인사를 드리는데 우선 각각 술(酒)을 한잔씩 따르고 절 두번에 반절을 한다.

2. 그 다음 진지와 갱羹(국)을 놓고 또 술 한잔씩 따르고 절 두번에 반절을 한다.(따라 드렸던 술은 퇴주 그릇에 비우고 다음 잔을 따른다)

3. 그 다음 진지는 그대로 두고 갱을 치우고 샘물을 반쯤 채운 그릇으로 갈고 거기에 진지를 작게 세 숟가락 말아 드린다.

그리고 다시 술을 한잔씩 따라 드리고 마지막 두번 절하고 반절을 한다.

이렇게 삼세 번 절을 하게 되는데, 이 유래는 살아서도 삼배, 죽어서도 삼배 즉 아랫 사람은 윗 분에게 죽은 사람이나 산 사람이나 술 세잔을 권하고 따라 드리는게 술을 드리는 예의라는 것이다.

그렇게 두 셋트를 절을 한단다.(총 6번 절을 하고 술도 총 6번 따른다)

첫 번은 증조 할아버지 할머니께 한 셋트,

두 번째는 할아버지 할머니께 한 셋트,

(훗날 아버지가 저 세상으로 간 후 너희들이 혹시 제사를 지낸다면 어찌 됐든 3 셋트를 그리하면 되겠다.)

그리고 다른 음식은 그대로 놓아 두고 진지와 냉수와 수저 만 갈아 드리면서 절을 한단다.

너희들이 조상위패를 쓸때는 증조부모는 증조고曾祖考, 할아버지 증조曾祖 후에 아버지는 학생부군신위學生府君神位라고 쓰면 될 것 같다.

모든 제사 의식의 끝은 소지를 태우는 것인데, 위패를 적었던 창호지(소지)를 촛불에 태워서 그 태운 위패의 재를 흘러가는 물(수돗물)에 띄워 드리면 제사 의식은 모두 끝이 나며

그후 제사 음식을 함께 나누어 먹고, 나머지 음식이나 과일 등은 제사에 참석한 집에 싸서 보내 나누어 먹는게 우리네 풍습이란다.

아무튼 너희들도 조상들이 계시기 때문에 지금에 내가 존재 함을 자각하구 그날(5월13일) 그 시간(옛날에는 밤12시에 지냈는데 현대에 와서는 내일 일이 바쁘기 때문에 저녁 시간에 거의 지내는 것이 상례가 됐다.) 고국(대한민국)에서는 조상을 기리는 제사를 모시고 있음을 생각하며 그날 하루 만이라도 경건한 마음 가짐으로 지냈으면 한다.

아무쪼록 우리 손자 손녀 무럭 무럭 건강했으면 좋겠고 너희들도 내내 건강하고 행복했으면 좋겠다.

우리의 제사풍습을 소개하여 남기고픈 아비가

그런거지 산다는게 그런거지

서영도 / 2022.05.13. 07:00

때론 걱정도 하면서
때론 신명도 내면서

때론 인간을 시기도 하면서
때론 인간끼리 질투도 하면서

때론 세월을 아쉬워 하면서
때론 생활에 만족도 하면서

그렇게 사는게지 다 그렇게 사는게지
서로 마주보며
미소도 나누면서 정도 나누면서

때론 서로 부딪쳐 가면서
때론 맨땅에 머리 박기도 하면서

때론 속기도 하면서
때론 악다구니도 써 가면서

때론 슬퍼도 하면서
때론 눈물도 흘리면서

그렇게 사는게지
다들 그렇게 살아가고 있는게지

그러다 그러다 긴급 자동차 타고 가서
삼베 옷 얻어 입으면
그렇게 가는게지, 누구나 다 그렇게 가는게지

편집 후기

편집 후기

서영도 / 2023.07.12. 07:00

세상 사람들은 말한다.

그리고 선배들은 말했다. "내가 겪어 온 세월을 책으로 쓰면 아마도 수 권은 엮을 수 있을 것이다." 라고

나도 그랬던 것 같다. 어린 시절부터 지금까지 겪어 온 이야기를 아직도 다 말 하지 못하고 가슴 속 어딘가 머리 속 어딘가 웅크리고 숨어있는 사건과 사고 추억과 사연들이 밖으로 나와서 세상 사람들에게 펼쳐 보이고 싶다며 이따금 씩 문득 문득 나의 창을 두드리며 나가자 고 외치고 있었다.

그렇다고 해서 내가 글을 잘 쓴다는 것은 절대 아니다.

머리 말에서 언급했던 것처럼 나는 4류 시인 정도인 것을 자각하며 선배 유명 시인들의 발끝도 못 쫓을 수준이며 경지인 것을 익히 알고 있다.

그럼에도 불고 하고 나는 쓰고 싶었고 나름대로 그냥 표현하고 싶었다.

가슴속에서 타고 있던 그 어떤 불꽃을 태워 더 하지도 않고 더 보태지도 않는 나의 이야기를 쓰고 싶었다.

그런 가슴이 행로 대로 마음의 발로 대로 적나라하게 쓰고 싶었 던 것이다.

그렇게 약 10여 년을 끄적 거리다 보니 어줍잖은 책을 엮게 된 것이다.

독자 여러분, 친지 지인 여러분,

이 시집은 완전 재미가 있거나 소설처럼 구미가 댕기는 책은 아닙니다.

다만 머릿 말에서 말씀 드렸 듯이 침대 맡에 놓아 두거나 식탁 앞에 두었다가 잠시 잠깐 시간이 날 때 아무 쪽이나 열어 날자와 시간을 보시고 그때 그날 그 시간에 이 사람은 이러한 생각을 하며 살고 있었구나 하며 공감해 주시고 이해 해 주셨으면 하는 마음과 소망 입니다.

아무튼 깊지도 높지도 않고 그렇다고 넓지도 않은 글을 보여 드리려 하니 한편으론 부끄럽고 한편으론 대단히 송구한 마음 금할 길 없습니다.

아울러 저와 같이 부족한 사람의 가족이 되어 주시고, 친척 친지가 되어 주시며, 친구 동창이 되어 주셔서, 제 인생을 보다 풍요롭게 함께 하여 주신 은혜에 더욱 깊은 감사를 드립니다.

아무쪼록 가내 평안과 건강과 행복을 기원드리며 거듭 감사의 깊은 인사를 드립니다.

책의 끝에서 서 영도 배상